Titre original
Nancy Drew Girl Detective
 # 8 The Scarlett Macaw Scandal

© 2004 by Simon & Schuster, Inc.
© 2006 Bayard Éditions Jeunesse pour la traduction française,
avec l'autorisation de Aladdin Paperbacks,
an imprint of Simon & Schuster Children's Publishing Division.
ISBN 13 : 978-2-7470-2142-5
Dépôt légal : avril 2007
Loi n° 49 956 du 16 juillet 1949
sur les publications destinées à la jeunesse.
Nancy Drew et *Nancy Drew Mystery Stories*
sont des marques déposées de Simon & Schuster, Inc.

Carolyn Keene

Mission au Costa Rica

Traduit de l'anglais (USA)
par Anna Buresi

BAYARD JEUNESSE

1. Mauvaise surprise

Notre avion se posa sur la piste à peine plus large que l'envergure de ses ailes.

— Je n'arrive pas à croire qu'on soit arrivés, Nancy ! s'écria Bess, souriant jusqu'aux oreilles.

— Enfin ! m'exclamai-je. On va passer une semaine géniale !

J'étais aussi ravie qu'elle, bien sûr. Je m'étais portée volontaire avec mes deux meilleures amies, Bess Marvin et George Fayne, pour assister trois chercheurs en écologie de l'université de River Heights qui étudiaient les effets du tourisme sur la faune et la flore au Costa Rica.

Tandis que je nouais en queue de cheval mes cheveux blond vénitien, George maugréa :

— Pas trop tôt ! J'en ai marre d'être enfermée dans cet avion !

Dès que le pilote eut serré les freins, elle se leva et s'étira en ajoutant :

— Franchement, je n'aurais jamais cru que le trajet serait si long !

Dan Margolis, un des chercheurs, l'entendit sans doute, car il rectifia :

— Le voyage n'est pas tout à fait terminé !

— Oh non ! C'est notre troisième avion de la journée ! Ne me dis pas qu'on va en prendre un autre ! râla George.

Le beau et grand Dan répondit dans un rire :

— Mais non ! Il ne nous reste qu'un trajet en taxi.

— En taxi ? fit George. Bon, ça passe... Le pavillon est loin d'ici ?

— À quatre-vingts kilomètres environ, précisa Dan. Comme on doit emprunter une piste à travers la forêt, ça nous prendra deux bonnes heures.

— Tant que ça ! soupira Bess.

Elle échangea un regard atterré avec sa cousine. Je comprenais leur réaction... Il y avait quelques heures seulement que nous avions quitté notre petite ville de River Heights, et il me semblait en être partie depuis plusieurs jours ! Dès que je descendis à terre, pourtant, j'oubliai les difficultés du voyage. J'avais l'impression d'avoir pénétré dans un monde paradisiaque.

L'océan Pacifique d'un bleu intense à ma droite, et, à ma gauche, la luxuriante forêt tropicale humide composaient le décor. Des oiseaux bariolés voletaient au-dessus de nous. Une plage de sable blanc ourlait le rivage, qui s'étirait à perte de vue. J'aspirai l'air frais à pleins poumons et offris mon visage au soleil. À River Heights, c'était le plein hiver. J'étais folle de joie d'oublier pendant toute une semaine le froid et la neige.

Pendant que l'équipe quittait l'avion, Bess chaussa une paire de lunettes noires, puis contempla le paysage :

— Je ne m'attendais pas à ce que ce soit si beau !

Désignant un arbre proche, Dan lança gaiement :

— Attention ! On nous surveille !

Je levai les yeux vers la cime qu'il désignait : quatre petits singes nous regardaient depuis leur refuge.

— Ce sont des capucins, non ? dis-je.

— Bravo, Nancy ! lança Dan avec un sourire. On les identifie aisément à leur couleur. Ce sont les seuls singes de la forêt tropicale humide qui aient une « livrée » aussi caractéristique : face, cou et torse blancs, le reste du corps recouvert de fourrure brune.

— Comme un *capuccino*, commenta Bess. Mousse blanche au sommet, expresso noir en dessous.

— La comparaison est bonne. Mais, en réalité, on les a baptisés ainsi par analogie avec la tenue des capucins, des moines vêtus d'une robe brune à capuchon, expliqua Dan. On les appelle aussi sapajous à face blanche.

Alors que je braquais mes jumelles sur le petit groupe, je constatai avec surprise qu'ils gagnaient les branches basses afin de mieux nous observer. Jamais je n'avais assisté à un manège semblable.

— Ça alors ! Ils n'ont vraiment pas peur de nous ! remarqua George.

Je me remémorai aussitôt un passage du guide que j'avais lu en vue de notre expédition dans la forêt tropicale.

— Ce n'est pas étonnant, dis-je. Les capucins sont d'un naturel curieux, et beaucoup moins farouches avec l'homme que les autres espèces du Costa Rica. Les singes écureuils, par exemple, sont très rares, et on ne les rencontre que dans les secteurs les plus reculés. Ils ne risquent pas de s'aventurer près d'un aéroport !

Je ne pus retenir un sourire : l'aéroport en question était juste une piste cimentée, perdue au beau milieu du sable.

— Exact, intervint Dan. C'est pourquoi nous n'étudierons pas les singes écureuils pendant notre séjour. Je suis très impressionnée par ton savoir, Nancy ! Connais-tu les deux autres espèces que l'on trouve ici ?

— Bien sûr, répondis-je.

Au cours des semaines écoulées, j'avais potassé je ne sais combien de livres sur la faune et la flore du Costa Rica. Je n'avais pas fait étalage de mon savoir, n'ayant pas envie de passer pour mademoiselle Je-sais-tout. Mais puisque Dan me posait la question…

— Il y a le singe hurleur, repris-je, dont la voix peut porter à près d'un kilomètre, même dans une forêt aussi dense que celle-ci. Et puis le singe-araignée. Il a des bras et des jambes très longs, drôlement utiles pour grimper aux arbres, et c'est sans doute le plus rapide de toute l'Amérique centrale. Il vole de branche en branche, presque comme s'il avait des ailes !

Dan passa la main dans ses cheveux blonds en commentant :

— Tu es incollable, ma parole !

— Elle se documente toujours à fond, lança

9

George, qui était en train de photographier les capucins. Normal, de la part de la célèbre Nancy Drew !

Dan parut stupéfait.

— Tu es Nancy Drew ? La détective ? s'écria-t-il. C'est géant ! J'ai lu des tas d'articles sur toi dans l'*Écho de River Heights* !

Je hochai la tête en rougissant. Je rencontre souvent des gens qui ont entendu parler de moi, et qui me reconnaissent. Mais je n'arrive toujours pas à m'y habituer ! Si je suis la détective la plus connue de notre ville, je n'ai vraiment pas cherché à mériter cette réputation. Elle est plutôt la conséquence de mon penchant naturel à me porter au secours des autres. J'aime aller à la pêche aux énigmes, je l'avoue. Il faut dire que, en réalité, ce ne sont pas les affaires louches qui manquent à River Heights ! Et j'ai apparemment le don d'attirer le mystère…

George braqua son appareil sur Dan. Il m'entoura les épaules de son bras juste avant qu'elle appuie sur le déclencheur.

— Tu m'en donneras une ? demanda-t-il à George.

— Bien sûr ! fit-elle avec un large sourire.

— Modère-toi un peu, George ! lui conseilla Bess. Si tu continues à mitrailler comme ça, tu manqueras de pellicule !

– Pff! C'est un appareil numérique, dit George. Sa mémoire peut contenir plus de deux cents photos.

– J'aurais dû m'en douter, gloussa Bess. Ma cousine a forcément un numérique!

– Vous êtes cousines? s'étonna Dan en les regardant tour à tour.

Il n'était pas le premier surpris par ce fait. Grande, mince et brune, avec des cheveux courts, George porte des tenues sport. Bess est plus petite, pulpeuse, et a de longs cheveux blonds. Après une journée de voyage, George avait des vêtements plutôt chiffonnés, comme nous tous – enfin… *presque* tous : le pantalon kaki et le chemisier rose de Bess n'avaient pas un faux pli! George semblait prête à partir en excursion; Bess, à prendre la pose pour un reportage de mode.

Mais n'allez pas croire que Bess est stupide et écervelée parce qu'elle adore les fringues. En fait, elle a le don de la mécanique, et elle est capable de réparer en un tournemain n'importe quel engin défectueux. Ses talents de bricoleuse m'ont été utiles en plus d'une occasion, au cours de mes enquêtes.

Lorsque nos sacs furent déchargés des soutes de l'avion, Parminder Patel, la scientifique qui dirigeait l'expédition, plaça ses mains en porte-voix pour haranguer l'équipe :

– Veuillez prendre vos bagages et me rejoindre près du grand escarpement, là-bas. Les taxis ne vont pas tarder !

J'avais fait plus ample connaissance avec Parminder le matin même, car nous étions assises côte à côte lors du premier trajet en avion. Elle était très jolie, avec ses longs cheveux bruns et ses grands yeux chocolat. Née en Inde, elle avait grandi au nord de Londres et s'exprimait avec un accent anglais. Elle s'était installée dix ans plus tôt à River Heights, où elle avait été nommée chef du département des sciences de l'université. Écologiste convaincue, elle menait les recherches à Corcovado Ecologica, où nous nous rendions.

Balançant mon sac à dos sur mes épaules, je la rejoignis.

– Alors, Nancy, ça va ? demanda-t-elle.

– Je suis en pleine forme ! Et ravie d'être ici !

Elle me décocha un grand sourire, qui illumina son ravissant visage.

– Attends un peu d'avoir vu le pavillon ! C'est un endroit merveilleux. Je viens ici depuis dix ans, mais je ne m'en suis pas encore lassée. La faune et la flore sont stupéfiantes.

Un vieux camion brinquebalant vint vers nous en soulevant dans son sillage un énorme nuage de poussière, telle une tornade de sable.

– Génial! commenta Parminder en faisant quelques pas vers lui. Le premier taxi est là, pile à l'heure prévue.

Je n'avais jamais vu un taxi pareil! C'était une camionnette découverte, avec deux longs bancs de bois sur la plateforme. Parminder y grimpa la première, suivie par Mary Wu, la troisième chercheuse de l'équipe. Il était surprenant que je n'aie jamais rencontré Mary avant ce voyage: elle était née à River Heights et y avait grandi. En plus, ses parents tenaient mon restaurant chinois favori! Elle avait le sourire chaleureux et ouvert de son père, et les superbes cheveux noirs de sa mère – sauf qu'elle les avait teints en mauve. Elle portait un jean déchiré et un débardeur noir marqué d'une inscription: LES KITCHENETTES. C'est un nouveau groupe de Toronto que je ne connais pas. Mary m'a fait écouter un ou deux morceaux pendant le vol, et j'ai trouvé ça très bon.

Quatre autres volontaires montèrent dans le «taxi»: Stephanie, Kara, Élise et Benita, qui faisaient toutes partie du même club d'étudiants de River Heights, *Kapa Delta Theta*.

– Nous sommes douze, dit Parminder, et il n'y a de place que pour six dans la camionnette.

Alors, nous devons nous diviser en deux. Une dernière personne peut monter avec nous.

— Je reste avec Nancy, annonça Dan.

— Moi aussi, enchaîna Bess. J'aime autant attendre le vrai taxi, si ça ne vous ennuie pas. Si je roule à l'air libre, je serai toute décoiffée.

Mary émit un petit rire amusé :

— Bess ! Nous sommes en pleine forêt tropicale ! On n'y trouve que des taxis comme celui-ci !

— Oh, lâcha Bess, interdite.

Elle ne tarda pas à se ressaisir. Elle tira de son sac une écharpe en soie rose, qu'elle noua autour de sa tête. Et lorsque, quelques instants plus tard, la deuxième camionnette se présenta, elle fut la première à se hisser à bord.

Dan la suivit, imité par George et par Bud et Cathy Reisling, qui ne nous avaient pas encore été présentés. J'appris que Bud était photographe indépendant, et que Cathy enseignait la philosophie à l'université. Ils avaient beaucoup voyagé, mais c'était leur premier séjour au Costa Rica. Bud était volontaire, comme mes amies et moi. Il avait également l'intention de réaliser un reportage sur les animaux de la forêt tropicale.

Dès que George le sut, elle engagea la conversation avec lui, et ils se mirent à comparer leurs appareils et leurs objectifs.

Nous ressentions le moindre cahot de l'étroit chemin de terre ; nous devions nous courber chaque fois que le taxi roulait sous des branches basses. Et ce n'étaient ni les bosses ni le feuillage qui manquaient, vous pouvez me croire !

Pourtant, malgré l'inconfort, c'était une expérience exaltante. La végétation, très dense, formait comme un dais au-dessus de nous, créant une atmosphère humide. Je percevais, par-dessus le grondement du camion, les petits cris, les pépiements et les appels mystérieux des animaux sauvages de la forêt tropicale. Nous suivions une route tracée par l'homme, mais nos camions étaient les seuls à l'emprunter, et j'avais l'impression d'être à des milliers de kilomètres de toute civilisation, d'explorer un territoire encore vierge et inconnu.

Au bout d'une heure de trajet, George tira son ordinateur portable de son sac à dos.

– Que fais-tu ? lui demanda Bess, élevant la voix pour se faire entendre.

– Je vais installer mon logiciel de traduction en espagnol, je n'ai pas eu le temps de le faire avant de partir.

Taquine, Bess ironisa :

– *Hola* signifie « bonjour ». C'est une excellente entrée en matière, non ? Inutile de trimballer un ordinateur en pleine jungle pour communiquer !

— Une chance pour toi, rétorqua George en désignant la tenue vestimentaire de Bess. Avec toutes les fringues que tu as emportées, il n'y a aucune place dans ton sac pour quoi que ce soit de pratique !

— Comme nous le savons tous, notre rôle consistera à explorer la forêt pour observer et dénombrer les singes, riposta Bess. J'ai des chaussures de marche, un carnet et un stylo pour prendre des notes, et je sais compter. Je ne vois pas ce qu'il faut de plus !

George, qui est mordue de technologie, énonça aussitôt :

— Un appareil photo numérique ; un ordinateur pour enregistrer et organiser les données recueillies ; un GPS pour savoir où tu te trouves, ou, sinon, une boussole. Même si je préfère les appareils numériques, c'est tout de même beaucoup plus précis ! Tu veux que je continue ?

— Surtout pas ! répliqua Bess en faisant mine d'étouffer un bâillement. Je n'ai déjà que trop dormi dans l'avion.

Dan, qui les regardait tour à tour depuis le début de leur petite joute oratoire, se mit à rire :

— C'est toujours comme ça, entre vous ?

– Oh, c'est juste une mise en train ! lança George, provoquant l'hilarité générale.

Dan commenta :

– Entre les cousines zinzins et la célèbre détective – qui a les plus jolis yeux bleus que j'aie jamais vus –, je ne risque pas de m'ennuyer !

Embarrassée, je fixai le bout de mes chaussures.

– En général, dis-je, on m'appelle Nancy.

– Eh bien, alors, ce sera Nancy, fit Dan.

– Si tu nous en disais un peu plus sur le Corcovado National Park ? lui suggérai-je.

Ma curiosité était réelle, mais je désirais aussi changer de sujet. J'ajoutai :

– Je crois que tu es déjà venu ici, non ?

– Oui, c'est mon cinquième séjour. Je ne suis pas encore professeur titulaire, comme Mary et Parminder, je n'ai pas terminé mon doctorat. Ces voyages font partie de mon travail de recherche. Mais je viendrais ici même si je n'avais pas d'études en cours. Le pavillon est fantastique ! Il se trouve à des kilomètres du village le plus proche, et pourtant il est très bien tenu. Tout le monde est très respectueux de l'environnement, à Corcovado Ecologica. L'électricité est fournie par l'énergie solaire, et l'équipe recycle pratiquement tout. Bien que le lieu soit toujours entièrement réservé, ou presque, vu que les touristes y viennent du monde entier, il reste calme et paisible. Le territoire est si vaste qu'on peut se croire seuls dans l'univers, quand on part en excursion.

– Ça doit être génial, commentai-je. Et tu crois qu'on pourra observer les quatre espèces de singes ?

– Je ne peux pas te l'affirmer. Mais c'est probable. Et vous verrez aussi, bien sûr, des tatous, des papillons, des iguanes, des grenouilles… Si vous êtes très attentifs, vous parviendrez peut-être à repérer des paresseux. Il n'est pas facile de les distinguer, car, comme leur nom l'indique, ils ne bougent pas beaucoup, et ils se confondent avec leur milieu. Oh, et puis j'oubliais ! Il y a les oiseaux tropicaux. Ils sont stupéfiants !

« Ce sera une semaine de rêve ! » pensai-je avec excitation. Je me voyais déjà en train de flâner dans la forêt, entourée de toutes sortes d'animaux exotiques, dans un environnement merveilleux…

Du coup, je ne vis pas passer le temps. J'étais encore perdue dans ma rêverie lorsque notre taxi s'arrêta devant Corcovado Ecologica.

Je me redressai en sursaut et regardai autour de moi. L'endroit ne ressemblait pas du tout à ce que j'avais imaginé! Plus j'observais les parages, plus j'éprouvais une sensation d'angoisse diffuse. « Il y a quelque chose qui ne va pas ici, me dis-je. Mais alors, pas du tout! »

2.Visiteurs inattendus

Je sais que cela paraît étrange, mais je possède une sorte de sixième sens qui me permet de détecter tout élément anormal. J'ignore d'où je tiens ce don. Toujours est-il que je perçus quelque chose de bizarre à l'instant même où le taxi s'arrêta devant Corcovado Ecologica Lodge.

Je constatais, bien sûr, la surprise de Dan, Mary et Parminder : ils étaient sans voix ! Mais j'étais aussi frappée par l'aspect général de la résidence. On m'avait décrit un véritable petit paradis tropical, et je découvrais – passez-moi l'expression – un effroyable bazar !

La pancarte BIENVENUE était brisée en

deux ; chaque morceau déchiqueté pendait à son poteau au bout d'un clou rouillé, en cliquetant au souffle du vent. Des matelas nus et sales s'entassaient devant l'entrée, et des arbres abattus barraient le passage. Alors que nous enjambions tout ce fatras, Mary s'immobilisa près d'un carré fangeux et commenta avec tristesse :

– C'était le potager…

– Et là-bas, il y avait les herbes aromatiques, enchaîna Parminder, désignant un amas caillouteux.

Complètement sonnés, nous nous immobilisâmes dans un espace ouvert, protégé par un toit de chaume que soutenaient quatre piliers en bois : le pavillon. Dan nous apprit que c'était autrefois un vaste salon de repos avec des hamacs, des divans et des coussins colorés.

– C'était un lieu très agréable, dit-il. Nous nous y réunissions le soir pour siroter du jus de mangue ou de papaye en regardant le coucher du soleil. Je ne m'explique vraiment pas cette pagaille !

À cet instant, un homme grand et blond, fortement charpenté, vint vers nous. Il marmonna quelques mots dans son talkie-walkie, puis lâcha d'un ton rogue :

– L'équipe de River Heights est de retour, à ce que je vois ! Tiens, il y a de nouvelles recrues ! Je suis le directeur de cette résidence.

– Bonjour, Jason, dit Parminder en se détachant du groupe pour lui serrer la main. Je suis contente de vous revoir. Vous connaissez déjà Dan Margolis et Mary Wu, bien sûr. Mais permettez-moi de vous présenter nos bénévoles. Voici...

– C'est là-bas que vous dormirez, la coupa Jason en désignant un groupe de tentes à moitié effondrées. Nous sommes loin d'être complets, alors, vous pouvez faire votre choix tout à votre aise. Nous n'avons pas eu le temps de les préparer, mais vous ne vous attendiez sûrement pas à un séjour de luxe, vu que nous sommes dans la jungle.

Là-dessus, il me décocha un regard.

– Savez-vous où se trouve Esteban Garcia ? lui demanda Parminder.

– Il a démissionné, fit-il.

Et il se détourna pour s'éloigner.

– Vous devez faire erreur ! lança Parminder d'une voix tendue. Je ne comprends pas que...

– Moi non plus, la coupa-t-il de nouveau. Il est tout bonnement parti la semaine dernière en me plantant là.

– Mais je l'ai eu au téléphone il y a peu, continua Parminder. Il ne m'a pas dit qu'il avait des problèmes.

– Vous m'en voyez aussi surpris que vous, bougonna Jason.

– Ça, j'en doute, marmonna Parminder en aparté.

Consultant sa montre d'un geste impatient, Jason laissa tomber :

– Le dîner sera servi dans une demi-heure, que vous soyez là ou pas. Alors, je vous suggère de vous dépêcher.

Là-dessus, il tourna les talons. Notre petite troupe se dirigea vers les tentes.

Tandis que nous suivions le mouvement général, Bess me chuchota :

– Est-ce que tu penses comme moi que...

– Que j'ai déjà une nouvelle énigme sur les bras ? Eh bien, oui, répondis-je sur le même ton sans quitter Parminder des yeux.

Elle semblait au bord des larmes, et je tenais à savoir pourquoi.

– Si tu allais nous choisir une tente avec George ? suggérai-je discrètement à Bess. J'aimerais m'entretenir avec Parminder.

– Tu as une idée en tête, hein ? commenta mon amie. Bonne chance !

– Merci.

Le reste de l'équipe s'en alla vers les tentes. Seule Parminder s'attarda en arrière, et je l'imitai. Elle s'adossa à un pilier de soutènement du pavillon, regardant fixement la pagaille ambiante. On eût dit une statue.

— Parminder... est-ce que ça va ? demandai-je avec circonspection.

Elle m'observa en cillant, poussa un grand soupir, puis répondit :

— Oui, ça va. Je suis juste... assez surprise.

— Pourquoi ?

— Esteban Garcia... l'homme dont j'ai demandé des nouvelles à Jason... C'était le biologiste en poste ici. Je l'ai eu au téléphone il y a quinze jours, et il ne m'a absolument pas parlé de son départ !

— Et tu penses qu'il t'en aurait avertie ?

— Oui, j'en suis sûre. Enfin... je l'étais, ajouta-t-elle, l'air grave.

Quelque chose la tracassait drôlement ! Je répugnais à me montrer indiscrète, mais je sentais qu'elle détenait des informations qui pourraient être utiles à mon enquête...

— C'est un ami à toi ? voulus-je savoir.

— On peut dire ça. Nous nous connaissons depuis longtemps. Cela fait une dizaine d'années que je viens régulièrement ici, et Esteban y vit depuis toujours. Cette région du Costa Rica est très reculée, tu le sais. Esteban est l'une des rares personnes originaires de Corcovado qui soient restées sur place. La plupart des gens s'en vont chercher du travail en ville. Il a toujours été très impliqué dans la mission écologique de la résidence. Il adore la forêt, et il est très dévoué à la préservation de sa terre natale. Il est invraisemblable qu'il soit parti si brusquement, et sans me prévenir.

– Cela paraît bizarre, effectivement. Y a-t-il une raison pour qu'il te l'ait caché ?

Avant qu'elle ait eu le temps de répondre, un hurlement strident déchira l'air. Il venait du secteur des tentes.

– Nom d'une pipe ! s'exclama Parminder alors que nous nous élancions au pas de course.

Haletante, je regardai autour de moi, cherchant à déterminer d'où venait le cri. Je ne vis que Bess, qui se tenait près d'une vaste tente en toile bleue, penaude.

– Que s'est-il passé ? lui demandai-je.

– R-rien.

D'autres membres de l'équipe étaient apparus dans les parages et s'approchaient prudemment de nous.

– Rien ? répéta Parminder, incrédule. Tu n'as pas entendu ce hurlement ?

– Oh, ça ! fit Bess. Je… C'était moi. Je suis désolée, je…, lâcha-t-elle en baissant le nez, rouge comme une pivoine.

– Explique-toi, voyons ! insista Parminder.

– C'est quelque chose que j'ai trouvé sur mon lit, avoua Bess, se mettant à pouffer. Je n'ai pas eu peur, j'ai été surprise, voilà tout. Vu la taille…

Elle rabattit le pan d'ouverture de la tente pour que nous puissions voir à l'intérieur. Ma réaction ne fut pas aussi spectaculaire que la sienne, mais je ne pus réprimer un sursaut en voyant l'énorme grenouille-taureau au milieu de son lit.

Bess la chassa gentiment en précisant :

– On n'en trouve pas d'aussi énormes à River Heights.

– Bienvenue dans la forêt tropicale ! lui lança gaiement Parminder.

Comme tout le monde se dispersait, elle me murmura :

– Merci de te soucier de ce qui se passe, Nancy ! Mais tu ne dois pas attacher trop d'importance à tout ça. Le désordre de la résidence, et même l'étrange disparition d'Esteban, sont secondaires par rapport à notre mission. Nous nous mettrons au travail dès demain, et tout s'arrangera.

– Tu en es sûre ? Je suis prête à mener une enquête, tu sais.

– Ne t'inquiète pas, je t'en prie. Bon, je vais choisir une tente et m'installer avant le dîner. À tout à l'heure, les filles !

Après son départ, je demandai à Bess :

— Où est George ?

— Ici ! lança cette dernière, surgissant derrière moi. Je cherchais à recharger la batterie de mon ordinateur. Figurez-vous que les seules prises électriques de ce fichu endroit sont dans le bureau du directeur ! J'ai demandé à Jason l'autorisation de brancher mon chargeur, mais il a prétendu qu'il avait autre chose à faire.

Elle lorgna l'intérieur de la tente et continua :

— C'est là qu'on crèche ? Ce n'est pas vraiment ce qu'on espérait, hein ?

George avait raison. La tente était spacieuse mais sale, comme si on ne l'avait pas nettoyée depuis des mois. Nous fîmes de notre mieux pour y remédier : nous essuyâmes les matelas souillés de boue séchée avant d'y étendre nos sacs de couchage ; nous balayâmes la poussière, la refoulant à sa place : dehors.

— Bon, rejoignons les autres sans traîner, dit enfin Bess. J'ai l'impression que Jason ne plaisantait pas en affirmant que le dîner aurait lieu avec ou sans nous !

— Ce type me donne la chair de poule, lâcha George.

Je ne suis pas encline à porter des jugements hâtifs. Cependant je devais admettre que Jason n'était pas très amène. Comme il dirigeait la résidence, c'était à lui que je devais demander des explications sur l'état des lieux, et ça ne m'enchantait guère. À en juger par son accueil, il ne se montrerait guère coopératif... Mais ce genre de chose ne m'a jamais empêchée d'aller à la pêche aux informations !

Une cloche retentit soudain, et Bess dit :

– J'imagine qu'elle annonce le repas. Pas trop tôt ! J'ai une faim de loup !

Nous ne tardâmes pas à découvrir que le réfectoire était le seul endroit bien tenu de Corcovado Ecologica. Comme le pavillon, il était constitué d'une vaste estrade en bois, abritée par un toit de chaume reposant sur quatre larges piliers. Il n'avait pas de murs non plus. Contrairement au salon ouvert, les lieux étaient nickel.

Une jolie nappe bleue recouvrait la longue table centrale, où étaient déjà joliment disposés des assiettes et des couverts. Il y avait quatre brocs à un bout : deux remplis d'eau, deux autres de jus de mangue. Je comptai douze places – et nous étions douze. Il était curieux qu'il n'y eût que nous à Corcovado Ecologica, qui était, paraît-il, un lieu de séjour très recherché... Mais il était vrai que la résidence n'était pas en ce moment à la hauteur de sa réputation...

Dan était déjà attablé, et il bavardait avec Bud et Cathy. En apercevant Bess, il nous adressa un grand signe :

— Je vous ai gardé des places, les filles !

S'il se passait indéniablement quelque chose de bizarre à Corcovado Ecologica, il n'y avait rien d'étonnant dans le comportement de Dan, en revanche ! Partout où nous allons, mes amies et moi — à River Heights ou ailleurs —, les hommes craquent pour Bess. Elle est belle, avec ses cheveux blonds, son teint de pêche et ses grands yeux bleus ! Et comme elle ne peut pas s'empêcher de draguer...

— Il y en a un qui a le béguin, chuchota George.

— C'est clair, dis-je en riant. Plaque-le en douceur, Bess, OK ? C'est un chic type.

Bess me prit à l'écart :

— Tu es aveugle ou quoi ? Dan ne s'intéresse pas à moi, ça crève les yeux !

— Qu'est-ce que tu racontes ?

— C'est toi qui lui plais, idiote ! fit George.

— Mais pas du tout, c'est impossible ! me récriai-je, incrédule.

— Il a tenu à monter dans le même taxi que toi. Et quand George a pris ta photo, il en a demandé un exemplaire.

— Oui, mais... c'était purement amical.

– Ben voyons ! ironisa Bess. Eh bien, on en reparlera.

Je ne voyais vraiment pas à quoi mes amies voulaient en venir, et ça m'était égal, de toute façon. À River Heights, j'ai un copain attitré : Ned Nickerson. Et nous sommes ensemble depuis des lustres. J'ai toujours eu du mal à m'intéresser à d'autres garçons : Ned est tellement génial ! Il est gentil, attentionné, et intelligent en diable. Il est toujours disposé à m'aider dans mes enquêtes, même si ce n'est pas son truc. En plus, il a des fossettes adorables !

Comme nous prenions place à côté de Dan, une belle adolescente à la peau brune et aux yeux bleu-vert s'avança jusqu'à notre table. George me murmura :

– Enfin une occasion d'utiliser mon nouveau logiciel de traduction !

Elle pianota sur son ordinateur, attendit quelques secondes, puis récita :

– *Arroz con pollo, por favor.*

La serveuse pouffa.

– Vous voulez du riz au poulet ? dit-elle dans un anglais impeccable. Tant mieux, parce que c'est ce qu'il y a au menu !

Comme George restait bouche bée, elle enchaîna :

— Je suis Manuela Pesa. Bienvenue à Corcovado Ecologica.

Une fois les présentations faites, Manuela nous expliqua :

— L'organisation de la restauration est un peu différente de ce que vous connaissez, j'imagine. Ici, tout le monde mange la même chose. Vous comprenez, la cuisine est toute petite, on ne peut préparer qu'un seul plat. Et il n'y a qu'une cuisinière. Je lui donne un coup de main, mais ça ne suffit pas. Comme c'est ma mère, j'espère que vous apprécierez sa cuisine !

J'ignorais si j'allais savourer le repas, mais je trouvais Manuela très sympathique. Elle semblait si amicale, si ouverte !

— À en juger par la bonne odeur, je parie que oui, déclarai-je. Dis, j'aimerais bien te poser une question… Comment se fait-il qu'il y ait si peu de monde ?

Manuela jeta un regard circulaire sur le réfectoire presque vide.

— Ça fait un drôle d'effet…, murmura-t-elle. Les gens ont cessé de venir ici il y a quelques mois, lorsque…

À cet instant, une femme d'âge mûr, avec des cheveux parsemés de fils d'argent, des yeux et une peau superbes, comme ceux de

Manuela, vint à notre table. Elle enlaça la jeune fille par la taille et lui murmura quelque chose à l'oreille. Je n'avais pas besoin de comprendre l'espagnol pour deviner qu'elle lui conseillait de se taire !

Manuela s'éclaircit la gorge et dit :

— Je vous présente Lupa, ma mère.

— Est-ce que l'une de vous sait où est Esteban Garcia ? m'enquis-je, revenant à la charge. Il paraît qu'il est parti brusquement.

Avant qu'elles me répondent, Jason survint.

— Tu en poses des questions ! ricana-t-il.

Son intonation et son regard furieux parlaient d'eux-mêmes : j'avais intérêt à me mêler de mes affaires. Mais si le directeur croyait m'intimider, il se trompait ! J'aurais juré qu'il cachait quelque chose, et j'étais résolue à savoir quoi.

— Je m'appelle Nancy Drew, fis-je tranquillement en lui tendant la main.

Il la serra à contrecœur. Le fixant droit dans les yeux, je continuai :

— On m'avait dit que cet endroit regorgeait de touristes. Où sont-ils ?

— Va savoir ! L'engouement pour cet endroit est retombé, il faut croire.

— Et les autres employés ?

Il expliqua sans hésiter :

– On a tellement eu de mal à faire le plein, ces derniers temps, que j'ai dû en licencier la majeure partie. Je ne pouvais plus les payer. Et quand le personnel manque, il est difficile d'entretenir les lieux. Du coup, les rares touristes sont mécontents, et ne reviennent pas. Un vrai cercle vicieux.

Décidément, il avait réponse à tout ! Pourtant, même si ces précisions justifiaient l'état d'abandon de la résidence, elles ne me satisfaisaient pas. Je n'eus cependant pas le loisir de poursuivre mon interrogatoire : Jason s'éloigna vers son bureau, situé entre la cuisine et l'aire de repas. Il claqua bruyamment la porte derrière lui.

Le repas fut servi. Il y avait du riz au poulet, comme Manuela l'avait annoncé. Lupa avait aussi préparé une salade verte, du maïs, des haricots, des plantains frits et une énorme salade de fruits.

Tout cela était délicieux. Je fus donc frappée par le manque d'appétit de Parminder : assise en bout de table, elle touchait à peine à la nourriture. Manifestement, le départ d'Esteban la bouleversait. Mais était-ce la seule raison de sa préoccupation ? Ou bien soupçonnait-elle un acte criminel ?

J'aurais aimé m'entretenir avec elle après le

dîner ; malheureusement, elle avait prévu une réunion avec ses collègues pour mettre au point le programme du lendemain. Quant à Jason, il avait disparu. Manuela et Lupa étaient occupées à faire la vaisselle. Je ne pouvais poursuivre mon enquête.

Je me résignai à revenir sous notre tente, où j'entamai une partie de cartes avec George et Bess, tout en les mettant au courant de ce que m'avait appris Parminder.

— Bref, récapitula George, nous avons Esteban, le chercheur volatilisé ; Jason, le directeur grincheux ; et Parminder, la chercheuse dépressive.

— Tu oublies la grenouille-taureau ! Quelqu'un cherche à nous intimider, c'est clair ! blagua Bess.

Ce fut un éclat de rire général.

— Encore une partie ? proposai-je en rassemblant les cartes.

— Sans moi, bâilla George. Je suis crevée.

— On doit se lever tôt, observa Bess, sortant son pyjama.

— J'ai programmé le réveil pour sept heures et demie sur ma montre digitale, annonça George. C'est bon, non ?

— Parfait, décrétai-je.

Je me glissai dans son sac de couchage en

pensant : « Pas trop tôt ! » Pelotonnée dans ce nid douillet, je m'endormis aussitôt.

Quelques heures plus tard, un effroyable hurlement résonna dehors, me réveillant en sursaut. Je me redressai, le cœur battant à cent à l'heure, pour me retrouver confrontée à un univers de ténèbres : on n'y voyait pas à un mètre, tellement il faisait noir.

Je perçus une sorte de bruissement, et, presque aussitôt, une vive lumière jaillit dans la tente. George venait d'allumer sa torche électrique et la braquait sur la toile d'entrée.

— Qu'est-ce que c'est que ce boucan ? souffla-t-elle, sur le qui-vive.

— J'en sais rien ! gémit Bess, se bouchant les oreilles. Mais c'est horrible !

3. Folies de singes

Tout à coup, je compris de quoi il retournait !
Haussant la voix pour me faire entendre, j'assurai à mes amies :

– Il n'y a rien d'anormal !

– Tu délires, là ! cria Bess. On se croirait
dans un film d'horreur !

– Ce sont des singes hurleurs, Bess ! J'ai lu
qu'ils font ces bruits bizarres pour intimider
leurs prédateurs.

J'avais beau étaler ma science, je n'étais pas
très à l'aise ! Cette expérience était impressionnante, en réalité. Les étranges criaillements des
singes avaient quelque chose de très perturbant.

– Je ne suis pas un prédateur, mais ça me

donne les jetons ! commenta George, qui ne cessait de balayer l'espace autour de la tente avec le faisceau de sa torche.

Un cri encore plus strident que les autres déchira la nuit. Brr, ça faisait froid dans le dos ! Je dis en m'efforçant de rester calme :

– Un animal a dû s'introduire dans leur territoire. Ils finiront par se calmer.

Au bout d'un moment, George éteignit, et nous nous recouchâmes. Les hurlements se poursuivirent pendant un temps qui nous parut interminable, et nous ne cessâmes de nous retourner et de nous agiter. J'ignore si les singes en eurent assez de hurler ou si nous finîmes par nous habituer à leur épouvantable tapage. Je m'endormis, en tout cas. Je repris conscience en sursaut alors que Bess me secouait par le bras :

– Nancy ! Debout ! Le réveil a sonné. Il est sept heures et demie, on devrait être au réfectoire !

– Ah, zut !

Je m'extirpai de mon sac de couchage, enfilai une paire de chaussures, et courus à la salle de bains située dans un bâtiment séparé, à une cinquantaine de mètres de notre tente.

Je me préparai tambour battant. Quand j'arrivai enfin dans la salle à manger, presque tous

38

les bénévoles étaient en train de prendre leur petit déjeuner.

— Désolée pour le retard…, lâchai-je en disposant dans mon assiette un toast, des œufs brouillés et des fruits.

— Pas de problème, m'assura Parminder. Tu es encore dans les temps.

— Tu veux du café ? me proposa Dan. J'allais m'en chercher une tasse.

— Non, merci.

Je m'assis en face de Bud et Cathy, installés en bout de table, et tous deux affublés de casquettes rouges.

— Sympas, vos casquettes, commentai-je.

— On ne s'habille pas toujours pareil, grommela Bud. C'est juste une coïncidence.

— Nous n'avons emporté que celles-là, et le soleil tape dur, enchaîna Cathy. Au fait, comment as-tu dormi ?

— Pas très bien, avouai-je. Les singes hurleurs sont une vraie calamité.

— Difficile de croire que de si beaux animaux produisent ces effroyables beuglements, non ? fit Bud.

Bess, qui tartinait un toast avec de la confiture d'abricots, lui demanda :

— Tu en as déjà vu ?

Ce fut Cathy qui répondit :

– Nous avons fait un safari photo au Zimbabwe, l'année dernière, et il y avait beaucoup de singes hurleurs, là-bas. Pour ma part, je ne les trouve pas beaux. Ils sont énormes, avec un cou épais. Plutôt intimidants à voir, en fait. Mais ils sont adorables.

– Adorables ? se récria George. Ce n'est pas l'impression qu'ils donnaient cette nuit !

– Pourtant, ils le sont, affirma Cathy. Ils se nourrissent de feuilles et de fruits, et ils se battent rarement.

– Ce doit être génial, le Zimbabwe, glissai-je.

– C'est super ! lança Bud. Je suis en train d'organiser une exposition à River Heights, où on verra pas mal de clichés que j'ai pris en Afrique. J'espère y inclure aussi des photos de notre séjour ici, évidemment. Je vous inviterai au vernissage, les filles, si ça vous intéresse.

– Et comment ! approuva George.

Soudain, Parminder se leva, provoquant un silence général.

– Il est temps qu'on passe au briefing, annonça-t-elle tandis que je me hâtais d'avaler ma dernière bouchée. Nous nous diviserons en quatre équipes pour couvrir toutes les pistes du parc national. Chaque groupe devrait être accompagné d'un chercheur, mais Maria Romano, notre collègue, est tombée malade et n'a pu se joindre à nous. Donc, malheureusement, une des équipes sera obligée de se passer de supervision.

– La randonnée, ça nous connaît, mes amies et moi ! En plus, j'ai tout un équipement électronique sophistiqué, déclara George en tapotant fièrement son sac à dos. Alors, je crois que nous pouvons opérer seules.

– Merci pour cette proposition, répondit Parminder. Vous êtes toutes les trois d'accord, les filles ?

Bess et moi hochâmes la tête.

– Formidable ! commenta Parminder. Vous explorerez la piste de l'océan.

Parminder constitua ensuite les autres équipes, et les affecta à une piste déterminée. Puis elle expliqua en quoi consisterait notre travail. Chaque groupe devait parcourir trois fois, et dans sa totalité, la piste qui lui était attribuée : à 8 h 30, 11 h 30 et 14 h 30. Nous devions repérer les singes, les compter, noter l'endroit et l'heure auxquels nous les avions vus, et préciser à quelle espèce ils appartenaient : hurleurs, capucins ou singes-araignées.

Ce fut Mary qui prit le relais, pour nous exposer les hypothèses de travail des chercheurs :

– Les singes ont des habitudes bien établies : ils se rendent chaque jour aux mêmes endroits, et à la même heure. Tant qu'ils respectent leur routine, nous sommes certains que ni la résidence ni les touristes qu'elle attire n'ont d'effet négatif sur l'écosystème.

«Passionnant!» pensai-je, enthousiasmée. Voir des singes à l'état sauvage, dans leur milieu naturel, c'était quand même autre chose que d'aller au zoo! Quand on vous donne à choisir entre manger des spaghettis à la pizzeria du coin et les savourer à la terrasse d'un café romain, face à la fontaine de Trevi, vous trouvez la deuxième option plus excitante, non?

— Vous avez des questions? lança Mary.

— Oui, dit Bess. Je crois qu'il nous serait utile de connaître les données recueillies les précédentes années.

— Excellente remarque, commenta Mary avec un large sourire. Mais vous devrez attendre pour les consulter. Nous ne voulons pas vous les communiquer dès maintenant, cela pourrait nuire à l'objectivité de vos observations.

Lupa et Manuela nous distribuèrent ensuite des en-cas, des fruits secs énergétiques et une grande provision d'eau. Voyant Dan aiguiser un instrument tranchant dont la lame large et brillante avait la forme d'un *C* étiré, je lui demandai:

— Qu'est-ce que c'est? Ça sert à quoi?

— Cette machette ? dit-il en faisant scintiller la lame au soleil. C'est pour me défendre contre les jaguars qui rôdent dans la forêt. Tu en as une, j'espère ?

Effarée, je regardai George et Bess, qui semblaient aussi interdites que moi. Bon sang ! Dans quelle aventure nous étions-nous embarquées ?

— Personne ne nous a averties qu'il y aurait des jaguars ! m'exclamai-je.

Dan éclata de rire.

— Je blaguais ! fit-il avec un clin d'œil. Il y a effectivement des jaguars ici, mais ce sont des animaux nocturnes. Et, en plus, ils ont peur des humains. Vous n'avez rien à craindre.

— Rien à craindre… tu en as de bonnes ! s'exclama George. J'aurais autant aimé ne pas savoir qu'ils sont là !

— La piste que je vais emprunter est très peu fréquentée et, du coup, la végétation envahit tout. On ne peut avancer qu'à coups de machette, expliqua Dan, hilare. Je t'assure que celle-ci n'a aucune fonction d'autodéfense ! Elle n'a jamais servi qu'à couper des branches. Et encore, avec modération !

— Bon, il est presque huit heures et demie, glissa Parminder. Je vais vous distribuer les cartes topographiques.

George tira son ordinateur de son sac à dos en annonçant :

— J'ai des logiciels qui faciliteront l'enregistrement des informations pour tout le monde.

— Des logiciels ? fit Mary, levant un regard interrogateur vers Parminder.

Celle-ci haussa les épaules. George continua :

— J'ai conçu un programme qui nous permettra de comparer les données. J'ai toute une série de copies sur disquettes et CD-Rom. Qui en veut ?

— Je n'ai pas emporté mon ordinateur, dit Mary.

— Moi, c'est tout juste si j'arrive à caser ma machette dans mon sac, observa Dan.

Comme personne d'autre ne réagissait, George regarda autour d'elle, médusée :

— Qui a un ordinateur ?

Pas de réponse.

— Alors, comment allez-vous saisir vos données ? s'écria-t-elle.

— Avec un carnet et un stylo, déclara tranquillement Dan. Un système dépassé, je te l'accorde. N'empêche qu'il fonctionne sans problème. Et cela depuis… plusieurs siècles !

Des rires saluèrent cette réponse. De

nouveau, George dévisagea les membres du groupe d'un air perplexe et atterré.

– Oui, j'imagine, lâcha-t-elle enfin.

– Ton ordinateur pourra nous être utile pour tout un tas de choses, intervint Parminder. Si je te charge de rassembler toutes nos données, tu acceptes ?

Le moral de George parut remonter d'un cran.

– Bien sûr ! dit-elle. Pas de problème.

– Parfait, approuva Parminder. Bon, nous nous retrouverons tous ici ce soir, à 18 heures. En principe, vous avez largement le temps de terminer vos explorations avant de prendre le chemin du retour. Quoi qu'il arrive, ne vous attardez surtout pas dans la forêt au-delà de 17 heures 30.

– À cause des jaguars ? s'enquit Bess, qui semblait réprimer un frisson. C'est à ce moment-là qu'ils sortent ?

– Non, répondit Parminder avec un demi-sourire amusé. Le soleil disparaît très tôt dans la forêt tropicale humide, et il est impossible de retrouver son chemin dans l'obscurité. Je ne veux pas que l'une de vous s'égare.

– Rassure-toi, Bess ! Aucun jaguar ne nous a privé d'une bénévole depuis un an ! rigola Dan.

Comme Mary lui décochait un regard

sévère, il leva les mains d'un air contrit, et lâcha en souriant :

– Désolé, c'était encore une blague. Je ne le ferai plus !

Notre groupe se divisa en quatre, et je pris la piste de l'océan avec mes amies. Lorsque nous eûmes gravi une colline plutôt escarpée, je compris d'où elle tenait son nom : nous avions une vue superbe sur le Pacifique. Nous fîmes halte pour contempler les énormes rouleaux ourlés d'écume qui déferlaient sur le rivage.

– On crève de chaleur, ici ! gémit George, tamponnant avec son bandana sa nuque inondée de sueur.

– Mais c'est si beau ! soupira Bess, subjuguée.

Je ne pouvais qu'être d'accord avec elles. Sur les deux points !

– Bon, allons-y ! On a du boulot, leur rappelai-je.

Nous pénétrâmes dans l'épaisseur de la forêt et, bientôt, la piste devint si étroite que nous fûmes obligées d'avancer à la queue leu leu. J'ouvrais la marche, suivie par Bess. George venait loin derrière, s'attardant pour prendre des photos tout le long du chemin.

La végétation était dense. Plus nous avancions, prenant de l'altitude, plus il faisait sombre et frais. Nous devions progresser avec prudence, car le sol était fangeux, et nappé d'une épaisse couche de feuilles mortes détrempées.

Bess s'immobilisa un bref instant pour admirer de sublimes orchidées pourpres. Voyant que George pianotait sur le clavier de son portable, je lui lançai :

– Dis donc, on n'a encore repéré aucun singe ! Tu notes quoi ?

– J'enregistre l'heure exacte de notre départ.

– Je croyais que ta batterie était à plat, intervint Bess.

– J'ai encore deux heures de charge, affirma George.

Soudain, elle trébucha sur une racine et partit en avant. Heureusement, elle réussit à reprendre son équilibre.

– Ça va ? nous écriâmes-nous en chœur, Bess et moi.

– C'est OK. Je ferais peut-être bien de ranger ça…, dit George avec un petit sourire penaud.

Quelques instants plus tard, je repérai du coin de l'œil un éclat de couleur. Regardant mieux, je découvris un spectacle étonnant : trois minuscules grenouilles entre deux troncs d'arbre pourrissants. Elles n'étaient pas plus grandes que mon pouce ; leurs corps étaient orange vif, et leurs pattes d'un bleu éclatant.

– Ouaou ! sifflai-je, émerveillée.

Bess s'accroupit près de moi pour les observer :

– Comme elles sont mignonnes ! J'aurais préféré en trouver une comme ça sur mon lit, hier, à la place de cet horrible monstre !

George photographia les petites grenouilles qui, sans doute effrayées par le flash, s'empressèrent de détaler.

– Zut ! se désola-t-elle.

Nous nous aperçûmes vite que ce n'étaient pas les grenouilles qui manquaient dans la forêt tropicale. Nous trouvâmes aussi beaucoup d'insectes étranges, et même un tatou ! En revanche, nous ne repérâmes pas un seul singe.

Au bout de deux heures et demie de route, nous fîmes une halte. Assises sur un tronc d'arbre, nous nous partageâmes un mélange de fruits secs.

– À votre avis, demanda Bess, nous sommes le groupe témoin ?

– C'est-à-dire ? marmonnai-je en avalant une poignée de baies de canneberge déshydratées et de noix de cajou.

– Mary n'a pas voulu nous communiquer

les données antérieures pour que nous soyons impartiales, rappela Bess. Peut-être qu'il n'y a pas de singes sur cette piste, et qu'elle préfère ne nous le préciser qu'après.

— Possible, lâchai-je. Pourtant, il doit y avoir des singes dans toute la forêt... C'est ce que Dan avait l'air de dire, en tout cas.

— Il cherchait peut-être à t'impressionner, suggéra Bess avec un large sourire.

— Pourquoi ferait-il ça ?

— Laisse tomber, marmonna-t-elle en échangeant un clin d'œil ironique avec George.

George avala une gorgée d'eau ; puis elle s'essuya la bouche d'un revers de main et reprit :

— Peut-être que les singes aiment faire la grasse matinée...

Le signal d'alarme de sa montre se déclencha comme à point nommé : il était temps de nous remettre en route ! Alors que nous levions le camp, elle fit observer :

— On est censées étudier les conséquences du tourisme sur le milieu. Or les seuls « touristes » qu'il y ait en ce moment, ce sont les chercheurs et nous !

— C'est vrai, ça ! approuva Bess. Je croyais que cet endroit attirait beaucoup de monde. Vous vous souvenez de tout ce que nous a raconté Harold Safer ?

Harold Safer est un de nos amis de River Heights, où il tient une fromagerie. Quelques années plus tôt, il avait pris un congé d'une semaine pour accompagner les chercheurs à Corcovado Ecologica en tant que bénévole. C'était lui qui nous avait suggéré de nous porter volontaires pour assister Parminder, Mary et Dan.

— Il était drôlement excité à l'idée qu'on vienne ici ! dis-je. Il nous a tenu le crachoir pendant au moins vingt minutes pour nous vanter les couchers de soleil du Costa Rica.

— Et j'ai eu beau essayer d'aiguiller la conversation sur autre chose, il n'y a pas eu moyen ! commenta Bess. Quel bavard !

— En tout cas, il avait rencontré des gens du monde entier, rappela George. Il nous avait même raconté qu'il correspondait encore avec certains d'entre eux. En France et au Brésil, c'est ça, non ?

À cet instant, un bruissement se fit entendre au-dessus de nous. Je fis signe à mes amies, qui s'immobilisèrent.

— Qu'est-ce qu'il y a ? chuchota Bess, levant les yeux.

— Là-bas, à gauche, répondis-je sur le même ton.

Bouche bée, nous vîmes sur un arbre un grand groupe de singes.

– Je crois que ce sont des hurleurs, continuai-je.

– On ne les entend pas beaucoup ! observa George à voix basse en enregistrant l'information sur son ordinateur. Vous en comptez six, comme moi ?

– Oui.

George referma son ordinateur, qui produisit un léger déclic. Aussitôt, un des singes grogna. Les autres nous scrutèrent, puis se mirent à crier. C'était beaucoup plus impressionnant que la veille au soir, car ils étaient tout près !

– On ferait bien de s'en aller, murmura Bess en reculant. Il ne faut pas les effrayer.

Nous partîmes au pas de course, et ne nous arrêtâmes, haletantes, que lorsque leurs hurlements se furent calmés.

– On a filé pour les rassurer, mais, en réalité, c'est nous qui avons eu la frousse ! soufflai-je.

Mes amies s'esclaffèrent de bon cœur.

Pendant notre troisième et dernière exploration de la journée, nous repérâmes deux autres hordes – de singes-araignées, heureusement ! Tandis que nous revenions vers la résidence, j'observai :

– Je pensais qu'on verrait des capucins en quantité, étant donné que ce sont les plus sociables.

— Excellente remarque, dit George. Je me demande où ils se cachent.

Je me penchai pour renouer mes lacets, et vis à terre… un papier de caramel !

— C'est inouï ! m'exclamai-je. Qui s'est permis de jeter ça dans un endroit pareil ? C'est censé être une réserve écologique !

Je ramassai le papier, et j'aperçus quelque chose d'encore plus surprenant.

— Bess ! George ! Regardez !

Des empreintes se dessinaient dans la boue. Nous les fixâmes d'un air interdit. Bess, notre « mécano », les examina de près et décréta :

— Pneus d'un 4 x 4.

— Tu en es sûre ? lâcha George.

— Certaine. C'est le seul genre de véhicule qui pourrait s'aventurer sur un terrain pareil. Et puis, ça se voit à la largeur des traces.

— Bizarre, bizarre ! commentai-je. Il n'y a pas de voiture tout-terrain à la résidence.

— Alors, à qui peut appartenir celui-ci ? s'interrogea George.

— Mystère ! fit Bess. De toute façon, c'est incompréhensible. On est en pleine forêt tropicale, à des kilomètres de toute vie humaine.

— *En principe*, soulignai-je.

Je regardai par-dessus mon épaule, et ne pus réprimer un frisson.

4.Imbroglio

Alors que nous n'étions plus très loin de Corcovado Ecologica, des cris retentirent.

— Qu'est-ce que c'est encore ? fis-je.

— Ça vient de la résidence, observa Bess, et nous hâtâmes instinctivement le pas.

À l'orée de la piste, je repérai deux hommes, trop éloignés de nous pour que je les identifie. À en juger par la manière dont ils agitaient les bras, ils se disputaient, et ils étaient plutôt échauffés !

J'échangeai un haussement de sourcils avec mes amies et, d'un même mouvement, nous dévalâmes la colline. À l'approche des bâtiments, je vis qu'il s'agissait de Jason et de Bud,

Rouge comme une tomate, Bud tonnait :

— Il n'y a que trois employés ici ! Alors, c'est forcément l'un de vous !

— Et les bénévoles de River Heights ? Ils ne sont pas là, peut-être ? braillait Jason. Eux, vous ne les soupçonnez pas, hein ?

Nous n'étions plus qu'à quelques pas d'eux, mais ils étaient si énervés qu'ils ne prenaient pas garde à notre présence.

— Tout le monde était sur la piste ! hurla Bud. Mon groupe est revenu le premier !

Parminder avait dû entendre le remue-ménage, elle aussi, car elle arriva précipitamment sur les lieux.

— Qu'est-ce qui se passe ? demanda-t-elle.

Désignant Jason d'un index accusateur, Bud déclara :

— Il a volé mon objectif à grand angle !

— Ben voyons ! grommela Jason en tirant un mouchoir de sa poche pour souffler dedans.

— C'est une accusation grave, Bud, dit Parminder. Tu es sûr qu'on l'a volé ?

— Ce matin, en partant, je l'ai laissé dans ma tente, sur mon sac de couchage, expliqua Bud en contenant sa rage avec peine. Tout à l'heure, quand je suis arrivé, j'ai trouvé le pan de la tente entrouvert, et l'objectif n'était plus là. J'ai interrogé Manuela et Lupa : elles étaient parties faire des provisions à plusieurs kilomètres d'ici et ont été absentes toute la journée. Il n'y avait que Jason sur place.

— Oh, bon sang ! soupira Parminder.

Jason leva les yeux au ciel :

— Et vous voulez que je gobe ça ? Vous pouvez toujours courir ! Je connais ce genre d'arnaque ! Ma main au feu que cet objectif n'était même pas dans vos bagages. Vous voulez faire croire qu'on l'a volé pour empocher l'assurance !

— J'ai vu le grand angle de Bud hier, en taxi, intervint George. Il est très sophistiqué. Un vrai truc de pro, de grande valeur.

— C'est exactement ce que je disais ! s'exclama Bud.

— Alors, vous l'avez peut-être laissé dans le taxi, objecta Jason.

— Sûrement pas ! Il y a trois ans que j'arpente le globe avec mon équipement, et je n'ai jamais rien égaré !

— Eh bien, moi, je vous répète que je n'ai pas pris votre objectif de malheur ! cria Jason.

Là-dessus, il laissa échapper un éternuement sonore.

— À vos souhaits ! fis-je.

— Merci, dit-il en se tournant vers moi.

Cherchant à lui faire oublier sa colère, j'enchaînai :

– Vous avez pris froid ?

Peine perdue. Il bougonna avec un haussement d'épaules :

– Qu'est-ce que j'en sais ?

Et il partit vers la cuisine. Inspirant un bon coup, Bud déclara :

– Excusez-moi. Vraiment, je suis confus. Il est rare que je me mette en rogne, vous savez. Mais je tiens à cet objectif. Je sais parfaitement où je l'ai laissé, et il n'est pas possible qu'il se soit volatilisé comme ça. D'abord, j'ai interrogé Jason poliment. Mais il s'est tout de suite placé sur la défensive. Du coup, ça a éveillé mes soupçons, et j'ai pété les plombs. Je ne sais pas ce qui m'a pris.

Hochant la tête d'un air dépassé, Parminder commenta :

– C'est incroyable… Je viens ici depuis de nombreuses années, et je t'assure que nous n'avons jamais rencontré ce genre de problème. Je ne comprends pas.

Mary, qui venait de nous rejoindre, voulut savoir ce qui se passait.

– Rien de grave, prétendit Parminder.

Et, en voyant approcher Dan, Stephanie et Benita, elle s'empressa de changer de sujet :

– Ah, je suis contente de vous voir rentrés à l'heure ! Nous discuterons de nos découvertes après le repas.

Lorsque le groupe se fut dispersé, j'abordai Bud :

— Je peux t'aider, tu sais. Il m'est déjà arrivé de récupérer des objets disparus.

— Dan m'a parlé de tes talents, dit-il. Je te serais très reconnaissant de me donner un coup de main !

— D'abord, nous devons aller sur le lieu du délit.

— Alors, suis-moi.

Il me conduisit vers sa tente. Je fus surprise d'y trouver Lupa, un balai à la main. Moi qui avais espéré relever des empreintes… Elle avait tout effacé !

— Salut, Nancy ! Salut, Bud ! nous lança-t-elle. Ça va ?

Comme il était inutile de lui reprocher son erreur, je répondis avec bonne humeur :

— Très bien. Et vous ?

— Pas terrible. J'essaie de mettre un peu d'ordre dans cette résidence. Alors, Bud, cet objectif ?

— Je ne l'ai pas retrouvé.

— C'est vraiment navrant. Quel dommage que j'aie été absente toute la journée ! J'aurais peut-être pu empêcher ça.

— Vous n'y êtes pour rien, lui assura Bud. Je

n'aurais pas dû le laisser à la portée de n'importe qui. Mais je ne pensais pas qu'on entrerait ici ! On m'avait dit qu'il n'y avait aucun risque.

– Oui, ce vol est très surprenant, admit Lupa, l'air songeur. C'est bien la première fois qu'il y en a un.

Là-dessus, elle balança le balai sur son épaule et s'éloigna.

– Tout le monde me serine ça, maugréa Bud. Sauf que, en attendant, mon objectif a disparu !

Je le suivis à l'intérieur de la tente et tentai de repérer quelque indice. Pour le moment, je n'avais aucune piste. Je promis à Bud de réfléchir sérieusement à cette affaire.

Quand je rejoignis mes amies sous notre tente, elles me demandèrent s'il y avait du nouveau.

– Non, fis-je. Je n'ai pas retrouvé l'objectif, et j'aurai du mal à identifier le voleur. Lupa a balayé devant la tente, et effacé toutes les empreintes qu'il pouvait y avoir.

– C'est dingue, quand même, que Jason vole ses clients, râla George. Je commence à comprendre pourquoi cet endroit est désert ! Qui voudrait séjourner ici, si on dérobe les affaires des gens ?

– Hé, ho, doucement, lui dis-je. Rien ne prouve pour l'instant qu'il s'agit bien d'un vol.

– Oui, tu as raison, reconnut-elle. C'est juste que cet objectif était vraiment magnifique. Je n'en avais jamais vu un pareil. Il n'y a que les professionnels qui en ont. D'ailleurs, il ne s'adapterait pas sur un boîtier amateur ordinaire.

Je réfléchis à cette information.

– On est en pleine jungle ! repris-je. Pourquoi quelqu'un s'emparerait-il d'un objectif qui ne peut s'utiliser qu'avec un appareil professionnel ?

– Le voleur n'a aucun moyen de deviner ça ! raisonna Bess.

– Exact, approuva George. Bud aura intérêt à surveiller ses affaires ! Si l'objectif a bien été volé, et que l'auteur du larcin s'aperçoit qu'il n'en a aucun usage, il essaiera peut-être de faire disparaître aussi le boîtier.

Nous en étions là de nos spéculations lorsque la cloche du dîner retentit. Nous nous dépêchâmes de gagner le réfectoire. Lupa était en train de poser sur la table un énorme plat de tranches de jambon.

– Alors, nous lança-t-elle, la forêt tropicale vous a plu ?

– Elle est stupéfiante, dis-je. Et j'adore la fraîcheur qu'on a sous les arbres.

– On en a bien besoin ! commenta Lupa. Il y

a des années qu'il n'avait pas fait aussi chaud pendant la saison sèche.

Contrairement à ce qui se passait chez nous, à River Heights, il n'y avait que deux saisons, et non quatre, sous les tropiques : la saison sèche et la saison des pluies.

— On a vu des petites grenouilles adorables, continuai-je.

— Orange avec des pattes bleues, je parie ? glissa Manuela qui venait de rejoindre sa mère.

— Oui. Comment as-tu deviné ?

— Il y en a beaucoup par ici, Nancy. Ce sont des dendrobates fraise. On les appelle « grenouilles à flèche » parce qu'elles secrètent par la peau un poison violent, capable de provoquer la paralysie ou la mort, avec lequel les Indiens enduisaient leurs pointes de flèches.

— Hein ? fis-je, cherchant à me rappeler si j'avais touché ces petites bêtes.

Devinant ma pensée, Manuela me rassura :

— Sois tranquille, les humains peuvent les prendre dans la main sans danger. À condition de n'avoir aucune blessure.

Tandis qu'elle nous servait à boire, je remarquai que Cathy, attablée près de moi, semblait morose.

— Tu es courant pour l'objectif, hein ? lui lançai-je.

– Oui, soupira-t-elle. Je l'avais offert à Bud pour son anniversaire. Il pense que tu retrouveras le voleur. J'ai hâte de dire son fait à ce salopard, crois-moi !

Manuela eut un mouvement brusque et laissa tomber la carafe : celle-ci heurta le banc, faisant gicler de l'eau partout, et se brisa sur le sol en mille morceaux.

– Excuse-moi, Nancy ! Tu es tout inondée ! s'écria-t-elle.

Elle me tendit vivement plusieurs serviettes en papier, puis s'accroupit pour réparer les dégâts.

– Pas grave, ce n'est que de l'eau, fis-je en me levant pour lui donner un coup de main.

– On n'a pas idée d'être aussi maladroite, se désola-t-elle en mettant au creux de son tablier les plus gros éclats de verre.

– Ce n'est rien, voyons ! insistai-je, surprise et intriguée de la voir si nerveuse.

– Pour toi, c'est facile à dire.

– Il y a un problème ? lui soufflai-je à voix basse. Qu'est-ce qui t'a fait tressaillir ?

Au lieu de répondre, elle se redressa et s'éloigna en vitesse en bredouillant :

– Il faut que je retourne à la cuisine.

Lupa vint ramasser les morceaux de verre restants.

— Manuela est partie si précipitamment ! remarquai-je. Quelque chose ne va pas ?

— Non, non, tout va bien, affirma-t-elle avec un sourire contraint. Ne te soucie pas de ça.

Pourtant, j'étais bel et bien tracassée. Et, de plus, j'étais déconcertée : pourquoi Manuela avait-elle réagi d'une manière aussi étrange lorsque nous parlions du voleur ? Savait-elle quelque chose ?

Plus tard, ce soir-là, toute l'équipe se réunit dans le pavillon pour faire le bilan de la journée.

— Commençons par le groupe de Nancy, proposa Parminder.

Bess prit la parole en donnant son carnet de notes à la directrice des recherches :

— Nous avons observé trois espèces de singes : des hurleurs très bruyants, pendant notre deuxième exploration ; et deux groupes de singes-araignées pendant la troisième.

L'air intrigué, Parminder demanda :

— Vous avez bien pris la piste de l'océan, n'est-ce pas ?

— Oui, répondis-je.

— Et vous ne vous en êtes pas écartées ?

— Pas du tout, affirma George. Si tu veux vérifier, j'ai consigné en détail toute notre journée d'exploration.

— Non, non, c'est inutile, je vous fais confiance, marmonna Parminder, considérant le carnet de Bess d'un air rembruni. C'est juste que... Enfin, peu importe. Passons aux autres équipes. Mary ?

Cette dernière soupira :

— Nous n'avons rencontré que quatre groupes de singes.

— Nous, seulement cinq, enchaîna Dan. C'est beaucoup moins que l'an dernier !

— Certes, approuva Parminder. Bud, Cathy et moi avons des résultats aussi décevants que les vôtres. J'espérais que nous étions les seuls...

George et Bess m'adressèrent un regard interrogateur. Je ne pus que hausser les épaules.

— Tout ça est vraiment bizarre, continua Parminder.

Elle sortit un dossier en papier kraft et l'ouvrit :

— J'ai ici les résultats de l'an dernier. L'équipe de la piste de l'océan aurait dû observer au moins neuf groupes de singes. Et les autres équipes, encore plus.

— C'est à n'y rien comprendre, intervint Mary. On ne peut pas imputer ça aux touristes, il n'y en a aucun !

— Qu'est-ce qui fait fuir les singes, à ton avis ? demandai-je à Parminder.

– J'aimerais bien le savoir ! Cela ne s'est jamais produit jusque-là. Esteban connaîtrait la réponse, j'en suis sûre. Mais on ignore ce qu'il est devenu, lui aussi !

Une idée me traversa l'esprit, et je lançai à la cantonade :

– Est-ce que ça pourrait avoir une relation avec les empreintes de 4 x 4 que nous avons trouvées sur la piste ?

– Comment ça, des empreintes ? s'exclama Mary. Il est interdit d'utiliser des voitures tout-terrain dans le parc national !

5. Découverte

En me réveillant au son de l'alarme de notre réveil, le lendemain matin, je constatai que Bess était déjà prête. Vêtue d'un short bleu clair et d'un T-shirt assorti, elle fouillait dans son sac à dos en marmonnant :

— Où ai-je fourré les chaussettes qui vont avec, bon sang ?

George bâilla en s'étirant.

— J'ai drôlement bien dormi !

— Moi aussi, déclara Bess. C'était si calme !

J'allais enchérir lorsqu'une pensée me fit sursauter :

— Il a dû arriver quelque chose aux singes hurleurs !

George, qui enfilait ses chaussures de marche, objecta :

— On ne peut pas savoir s'ils hurlent toutes les nuits, on n'est là que depuis deux jours ! Peut-être qu'ils sont restés tranquilles parce que rien ne les a effrayés.

— Peut-être, concédai-je.

N'empêche… tout ça ne me disait rien de bon ! Je décidai de voir comment se passerait cette journée avant de tirer des conclusions. Une fois lavée et habillée, je gagnai le réfectoire.

— C'est la nouvelle mode ? me lança Dan, désignant mon T-shirt.

— Pardon ? fis-je, baissant les yeux sur ma tenue.

Décidément, je ne savais pas où j'avais la tête ! Dans ma préoccupation, j'avais enfilé mon T-shirt à l'envers ! Je répliquai avec vivacité :

— Tu sors d'un trou de province, ou quoi ? C'est très branché, dans la jungle, figure-toi !

Il s'esclaffa :

— Quel ringard ! Je ne suis jamais au courant de rien !

De l'autre côté de la table, George hochait la tête, et je vis qu'elle réprimait un sourire. Elle est habituée à ma distraction – et en a vu d'autres !

Quand je suis sur une enquête, ou qu'une énigme m'obsède, j'oublie constamment un tas de petits détails, comme les vêtements, par exemple. C'était une chance que Bess ne soit pas là. Elle est bien plus sensible aux «faux-pas» vestimentaires que George et moi… Je me hâtai de m'éclipser pour arranger ma tenue.

Quand je fus de retour à table, et que Lupa posa devant moi un grand bol de céréales, j'avais déjà l'esprit occupé par autre chose. Feignant de réfléchir à voix haute, je lâchai :

– Ça m'étonne qu'il n'y ait pas un chat dans un aussi bel endroit !

Lupa mordit à l'hameçon :

– Il faut croire qu'il n'attire plus les clients autant qu'avant !

– Où est Manuela ? lui demandai-je.

– Elle ne s'est pas encore levée. Mais elle ne va pas tarder.

– Le mois dernier, Jim – mon frère – est venu au Costa Rica, dit Dan. Avant de partir, il a essayé de réserver une tente ici. Mais il n'y est pas parvenu.

– Pourquoi ça ? lui demandai-je.

– Le site web affichait complet.

– C'est étrange, commenta Lupa, qui apportait une carafe de lait. Il y a des mois que ça n'est pas arrivé !

— Hier, j'ai discuté avec Jason de son installation informatique, intervint George. Il m'a appris que la plupart des réservations à Corcovado Ecologica se font en ligne. C'est peut-être de là que vient le problème.

— Tu penses qu'il pourrait s'agir d'une anomalie du télétraitement ? s'enquit Dan.

Elle haussa les épaules :

— Je sais que c'est un peu facile comme explication, mais ce n'est pas invraisemblable. Tu sais, Nancy, continua-t-elle en se tournant vers moi, tu devrais demander à Ned de faire une réservation ici, pour voir. Ce serait intéressant d'avoir le résultat.

— Qui est Ned ? demanda vivement Dan.

— Mon copain, lui dis-je.

— Ah…, lâcha-t-il.

Je fus soulagée que George ait mentionné Ned devant lui. Je n'avais pas besoin de me compliquer la vie avec des problèmes sentimentaux. J'avais une enquête à mener !

Bess nous rejoignit à cet instant, l'air rayonnant. Elle nous montra un paréo très coloré :

— Il est sublime, non ?

Elle enroula le tissu autour de sa taille sous les exclamations admiratives de Stephanie et de ses copines, qui venaient d'arriver.

— Il est fabuleux ! cria Stephanie.

– Tu l'as eu où ? voulut savoir Kara.

– À la boutique de souvenirs, répondit Bess. J'adore cet imprimé ! En plus, vu le taux de change du dollar par rapport au colon, c'est vraiment une affaire !

– Il y en a d'autres ? s'enquit Élise. J'aimerais bien en rapporter un à ma petite sœur.

– Il en reste plein ! Il n'y a pas un seul touriste, ça ne risque pas de manquer.

Tandis qu'elles continuaient à parler chiffons, je m'éclipsai, en quête de Jason. Je le trouvai devant son bureau.

– Salut ! lui lançai-je. Ça va ?

– Salut, Nancy, bougonna-t-il.

Comme si de rien n'était, je continuai :

– Est-ce que je pourrais me servir un instant de l'ordinateur de la résidence ?

Il poussa un soupir excédé :

– Encore une chance que tu ne veuilles pas recharger la batterie de ton ordinateur portable, comme ta copine George ! Non, mais, vous savez ce que ça coûte, ici, l'électricité ?

« Pourquoi en fait-il toute une affaire ? pensai-je. Je ne lui demande pourtant pas la lune ! »

– Ne vous inquiétez pas, je n'ai pas emporté d'ordinateur, répondis-je en lui décochant mon plus beau sourire. C'est juste que j'ai promis à mon père de lui envoyer un mail à mon arrivée, et j'ai oublié ma promesse hier. Il se fait toujours un sang d'encre quand je suis loin de la maison.

Visiblement contrarié, il consentit cependant à rouvrir la porte de son bureau, et me désigna l'ordinateur en disant :

— Dépêche-toi, s'il te plaît.

— Promis. Merci !

— Et prends soin de claquer la porte en partant. Elle se verrouille automatiquement.

Une fois seule, je me gardai de me précipiter vers l'écran… Mon principal suspect m'offrait une occasion en or, alors je l'allais pas la louper : j'allais fouiner un peu !

Je m'aperçus vite que Jason était aussi désordonné que désagréable. Il y avait des piles et des piles de paperasse dans la pièce. Une bonne partie, glissant de son bureau, s'était éparpillée sur le sol. Je trouvai des récépissés, des échanges de courrier avec des clients, des lettres au propriétaire de la résidence à San José. Bref, un tas de documents ennuyeux qui ne risquaient guère de m'aider à lever le mystère !

M'installant devant l'ordinateur, j'ouvris ma boîte e-mail et écrivis à mon copain :

« Cher Ned,

Un grand bonjour du Costa Rica ! Les recherches sur l'environnement sont passionnantes, il n'y a pas d'autre mot. J'ai déjà observé plusieurs singes, tous adorables, même s'ils sont un peu trop bruyants !

J'espère que tu t'amuses à River Heights. Pourrais-tu me rendre un petit service ? Je voudrais que tu ailles sur le site web de Corcovado Ecologica, et que tu essaies de réserver une place pour demain soir. Dès que tu auras la réponse, communique-la-moi, s'il te plaît. C'est très important ! Je n'ai pas le temps de t'expliquer de quoi il s'agit, tu sauras tout à mon retour.

J'ai hâte de te retrouver,

Bisous,

Nancy. »

Une fois le message envoyé, j'en rédigeai un pour mon père. Je ne lui dis pas que j'étais aux prises avec une énigme à résoudre. Papa est très fier de mes activités de détective, et il était tout à fait d'accord pour que j'aille au Costa Rica ; mais, parfois, il s'angoisse à l'idée que je puisse me fourrer dans des situations dangereuses. C'est peut être parce qu'il n'a pas d'autre famille que moi, car ma mère est morte lorsque j'avais trois ans. Alors, je le ménage.

Nous habitons avec notre gouvernante, Hannah Gruen. Je chargeai papa de l'embrasser de ma part, et de la remercier de m'avoir suggéré d'emporter mes vêtements de pluie. Elle avait raison, comme toujours : la forêt tropicale est en effet très humide !

Lorsque je revins au réfectoire, je vis que j'avais manqué quelque chose. Mary était en train de regarder sous la table, Kara et Benita fouillaient leurs sacs à dos, et Stephanie discutait avec Lupa. « Qu'est-ce qui se passe encore ? » me demandai-je. À cet instant, Stephanie leva les bras au ciel et s'écriant :

— Mes jumelles ont disparu !

— Ma main au feu qu'elles ont atterri dans le même endroit que mon grand angle, dit Bud en désignant du menton le bureau de Jason.

Parminder nous rejoignit, l'air bouleversé :

— Ne tirons pas de conclusions hâtives !

Tout en survolant les lieux du regard, je demandai à Stephanie :

— Où étaient tes jumelles, la dernière fois que tu les as vues ?

— Je me suis levée avant tout le monde, et je les ai posées sur le banc avant d'aller à la salle de bains. Elles s'y trouvaient encore il y a vingt minutes. Je viens seulement de m'apercevoir qu'elles ne sont plus là.

Elle continua en s'adressant à Lupa :

– Où est Manuela ? Elle sait peut-être quelque chose ?

– Pourquoi saurait-elle quelque chose ? m'enquis-je.

– Elle était la seule levée en même temps que moi, répondit Stephanie.

Lupa se précipita vers la cuisine en criant par-dessus son épaule :

– Je la questionnerai tout à l'heure !

« Curieux ! » pensai-je. Lupa m'avait affirmé que Manuela s'était réveillée *plus tard* que d'habitude, ce matin-là. Était-ce une distraction de sa part ? Ou bien cachait-elle quelque chose ? Je m'élançais à sa suite quand Mary me retint :

– Nancy ! Où vas-tu ? Il est huit heures et demie, il faut qu'on y aille ! On retrouvera tes jumelles plus tard, Stephanie, j'en suis sûre.

Je courus dans notre tente pour prendre ma gourde, puis me hâtai de rejoindre George et Bess à l'orée de notre piste.

– Regardez ! lança Bess en nous désignant un arbre.

Nous en étions à notre troisième excursion

de la journée, et nous n'avions observé jusque-
là qu'un seul groupe de singes. Je suivis du
regard la direction qu'elle indiquait et scrutai le
feuillage :

— Je ne vois rien.

— Mais si, là, à gauche, Nancy ! Ce truc qui
ressemble à un ballon de foot.

— Qu'est-ce que ça peut bien être ? s'interrogea George.

L'animal que Bess avait aperçu avait une
soixantaine centimètres de long. Pendu à une
branche, tête en bas, et couvert d'une fourrure
brune qui se confondait presque avec l'écorce
du tronc, il était à peine repérable.

— Un paresseux ! m'écriai-je. Génial !

— Il n'a pas l'air vivant, commenta Bess,
ébahie.

— Ils dorment quinze heures par jour, lui dis-
je. J'ai lu ça dans le bouquin que Ned m'a
offert avant notre voyage. Leur pelage leur sert
de protection contre les prédateurs, quand ils
dorment !

George mitrailla le paresseux avec son appareil numérique en commentant :

— Je préfère leur méthode de défense à celle
des hurleurs !

Nous continuâmes notre route, observant
avec attention la nature autour de nous. Mais

nous ne vîmes que deux hordes de capucins.

— Il nous reste encore une heure avant le coucher du soleil, annonçai-je en consultant ma montre, morose. Si on suivait les empreintes du 4 x 4 pour voir où elles mènent ?

J'entraînai mes amies à travers la broussaille. En chemin, nous trouvâmes divers détritus.

— Comment peut-on salir un si bel endroit ? râla George en se penchant pour ramasser un papier de caramel et le mettre dans son sac à dos.

— Ces saletés ne sont rien par comparaison avec les émanations du moteur d'un tout-terrain, intervint Bess avec une grimace. Si on a interdit ces véhicules dans le parc national, il y a une raison !

Nous continuâmes à progresser. Au bout d'un kilomètre environ, nous avions ajouté à notre déplaisante collection un emballage de bretzels envahi par les fourmis et deux canettes de soda.

Bess, qui s'était avancée plus loin que George et moi, s'immobilisa soudain au pied d'un gros arbre en s'exclamant :

— Ouaou !

— Tu tiens un indice ? lui cria George.

— Non, dit Bess. Un truc encore plus génial !

Elle ramassa une plume très colorée et l'éleva dans sa main pour nous la montrer :

— L'idéal pour décorer mon paréo, non ?

J'examinai la plume d'oiseau. Rayée de rouge vif, de jaune, de vert et de bleu, elle était vraiment très belle. Il y en avait beaucoup d'autres, répandues au même endroit. Je me demandai d'où elles provenaient. Levant les yeux vers le ciel, je scrutai les cimes dans l'espoir d'apercevoir un magnifique oiseau tropical bariolé. Au lieu de cela, je remarquai quelque chose d'étrange, pris dans les plus hautes branches d'un arbre. Était-ce bien ce que je croyais ?

6. Mystère informatique

— Hé! Visez un peu ce truc-là! lançai-je à mes amies.

George, qui manipulait son GPS, leva le nez en lâchant:

— Qu'est-ce qu'il y a, encore?

— Regarde là, à gauche, dis-je en désignant l'objet que j'avais repéré.

On aurait dit un filet; cependant, de là où nous étions, je ne pouvais en être certaine. Il fallait que je m'en rapproche pour en être sûre.

Plus facile à dire qu'à faire! Le filet était accroché si haut que je le distinguais avec difficulté. Alors, pour ce qui était de l'atteindre... Le tronc de l'arbre se divisait en deux à une certaine hauteur – très au-dessus de nos têtes. À partir de cette fourche, j'aurais certainement pu me hisser sans mal à travers les branches. Encore fallait-il parvenir jusque-là…

— Vous pouvez me donner un coup de main ? demandai-je à Bess et à George.

Bess avait récolté sa moisson de plumes. Elle se redressa, croisa ses doigts pour former une sorte de marchepied, et me dit :

— Vas-y, monte.

Je posai mon pied au creux de ses mains réunies, m'élevai en prenant appui sur l'épaule de George et tentai d'agripper le tronc au niveau de la fourche.

— Ça y est, tu y arrives ? fit Bess.

— Non, dis-je en m'efforçant désespérément de me hisser. C'est trop haut.

Alors que Bess essayait de me soulever davantage, je commençai à perdre mon équilibre. Je voulus me retenir au tronc ; hélas, je n'avais aucune prise, tant l'écorce était lisse. Je dégringolai, entraînant Bess avec moi. Nous nous écroulâmes dans une mare de vase avec un bruit sourd. J'avais réussi à amortir le choc avec mes mains, mais j'eus très mal quand même !

George, qui s'était écartée d'un bond, nous aida à nous relever.

– Ça va ? demanda-t-elle.

– Oui, fit Bess en rajustant le bandeau qui maintenait ses cheveux.

Puis, prenant son bandana noué à sa ceinture, elle se mit à enlever la boue qui maculait son short. Levant la tête vers moi, elle écarquilla les yeux et me tendit aussitôt le bout de tissu en commentant :

– Tu en as bien plus besoin que moi !

Je réalisai alors que j'étais couverte de boue des pieds à la tête.

– Euh… merci, dis-je en nettoyant grossièrement mon pantalon. Mais je ne crois pas que ça suffira à tout enlever.

Je continuai en lorgnant le filet logé dans l'arbre :

– Il faut pourtant que j'arrive là-haut !

Nous recommençâmes la même manœuvre, et je m'étirai le plus que je pus, m'élançant vers le haut. Bingo ! J'agrippai le creux du tronc, cette fois ! Hissant le reste de mon corps, je parvins à balancer une jambe par-dessus la fourche. Puis, après avoir inspiré un bon coup, je me redressai à califourchon.

Alors ? C'est bien ce qu'on pense ? s'enquit George.

Je tendis le bras, saisis le filet du bout des doigts et le tirai à moi. À la troisième tentative, il céda. Mais, quand je voulus le lancer à mes amies, je commis une erreur : je me penchai pour bien viser, afin qu'il ne se prenne pas dans le feuillage. Et là, je demeurai figée, prise de vertige, fascinée par le vide. Le sol était si loin !

La branche où je me trouvais ondoya sous mon poids. Je crus presque qu'elle allait se briser, et que je dégringolerais la tête la première. Une affreuse nausée me souleva le cœur.

– Hé ! Ça va ? s'inquiéta George.

– Ne regarde pas en bas ! me cria en même temps sa cousine.

L'avertissement arrivait trop tard… Enlaçant la branche à deux bras, je fermai les yeux et inspirai à plusieurs reprises, le plus régulièrement possible. « Tu ne vas quand même pas paniquer, me disais-je. Garde ton calme, et tout ira bien. »

Je rouvris les yeux et, cette fois, regardai vers le haut. Je voyais, à travers les branches, les magnifiques traînées rougeoyantes que le couchant peignait sur le ciel. Il n'allait pas tarder à faire nuit ! Il fallait revenir au campement, et vite !

Précautionneusement, je descendis le plus bas possible, jetai un bref coup d'œil pour m'assurer que la voie était libre avant de me laisser glisser, jambes pendantes, en me retenant au tronc au niveau de la fourche. Enfin, je lâchai tout, et j'atterris dans la flaque de boue. Cette fois, je parvins très bien à me rétablir.

Aussitôt, je m'élançai vers mes amies, qui examinaient le filet à quelques pas de là.

– Il y a un truc dedans, dit Bess.

Je vis une petite boule de fourrure brune emprisonnée dans les mailles. Elle provenait du pelage d'un singe, probablement !

George, qui avait scruté le ciel, consulta sa montre et déclara d'une voix pressante :

– Plus que onze minutes de jour ! Il faut rentrer.

Je pliai le filet, le glissai dans mon sac à dos, et nous partîmes. Suivant de nouveau les traces du mystérieux véhicule, nous regagnâmes la piste, et rejoignîmes la résidence peu après le crépuscule. Les trois chercheurs qui chapeautaient notre expédition, réunis dans un coin du réfectoire, étaient en train d'examiner ensemble des documents.

– Salut ! lançai-je. Alors, tout s'est bien passé, aujourd'hui ?

– Les résultats ne sont pas fameux, soupira Dan en levant la tête. Nous avons repéré encore moins de singes qu'hier.

– Pareil de notre côté, lui apprit Bess.

— Au train où vont les choses, on n'en verra aucun demain, lança Mary d'un air sombre.

Parminder regarda mes vêtements couverts de boue :

— Vous revenez seulement de votre exploration ?

— Oui, répondis-je. Comme on avait atteint le bout de la piste plus tôt que prévu, on a décidé de suivre les empreintes de 4 x 4 dont je t'ai parlé. On n'a pas pu aller jusqu'au bout, on manquait de temps. Mais on a déniché quelque chose qui devrait t'intéresser.

Je sortis le filet de mon sac et le lui tendis.

— Vous avez trouvé ça dans un arbre ? s'enquit-elle.

— Oui, dit George. Et drôlement haut, encore. Nancy a réussi à le récupérer.

Les chercheurs examinèrent le filet, et Mary ne tarda pas à annoncer :

— C'est de la fourrure de singe hurleur. Apparemment, quelqu'un les capture. J'aimerais bien savoir pourquoi !

— Franchement, ça n'a pas de sens ! intervint Dan. Ils n'ont aucune valeur particulière. Ce n'est même pas une espèce protégée, ou en voie d'extinction.

Là-dessus, nous échangeâmes tous un regard intrigué. Bess finit par suggérer avec hésitation :

– C'est horrible, mais… est-ce que quelqu'un pourrait vouloir récupérer leur fourrure ?

– Ce serait une première ! Cela dit, on ne peut jamais jurer de rien, répondit Mary.

Dan approuva :

– La fourrure de singe est très rêche, elle n'est pas bonne pour faire des manteaux. Quand à leur chair, il paraît qu'elle a un goût infect.

La cloche du repas retentit à cet instant-là. Stephanie et Benita firent leur apparition presque en même temps. Montrant chacune un petit paquet à Bess, elles lui dirent :

– On a acheté un paréo, nous aussi !

Parminder me glissa alors en baissant la voix :

– Je peux garder ce filet pour le moment, Nancy ?

– Bien sûr.

– Merci. Et je préfère que tout ça reste entre nous. Je ne veux pas que les autres s'inquiètent.

– Entendu, promit George.

Je me dépêchai de gagner notre tente avec mes amies. Nous voulions nous laver et nous changer avant le repas. Alors que Bess enroulait son paréo autour de ses hanches, je lâchai :

– Ça se complique, non ?

George, qui s'était affalée sur son lit, me lança :

— Tu crois que tout est lié ? Je veux dire, la désertion de la résidence, la disparition d'Esteban et l'absence des singes ?

— Tu oublies les vols, observa Bess en nouant ses cheveux en chignon, qu'elle agrémenta d'une des plumes bariolées qu'elle avait recueillies. Bon, moi, je suis prête, les filles.

— Moi aussi, dis-je, m'apprêtant à franchir le seuil.

— Hé, attends ! s'écria Bess.

Elle vint braquer son miroir devant mon visage : j'étais toute décoiffée, et elle a horreur de ça. Je me peignai rapidement avec mes doigts, pour lui faire plaisir, et enfilai une des casquettes de George.

— Là, ça te convient mieux ? fis-je.

— Ça peut aller, concéda-t-elle.

— Merci, je n'en demandais pas tant ! commentai-je avec ironie.

J'adore Bess, mais j'aimerais bien qu'elle me laisse tranquille en ce qui concerne ma tenue vestimentaire ou ma coiffure. De toute façon, ce n'est pas mon point fort !

À notre arrivée au réfectoire, Mary remarqua aussitôt l'ornement du chignon de Bess :

— Une plume d'ara macao ! Superbe !

— Ah, c'est une plume de perroquet ? lâcha Bess. J'avais l'intention de consulter mon guide, tout à l'heure, pour en avoir le cœur net.

– Les aras macaos sont très rares, continua Mary en s'attaquant au ragoût de bœuf et au riz. C'est une espèce en voie d'extinction. Tu as beaucoup de chance d'avoir pu en observer.

– Je n'en ai pas vu ! rectifia Bess. J'ai trouvé des plumes par terre.

Je vis du coin de l'œil que Jason sortait de son bureau, et, m'excusant de quitter la table, je m'élançai vers lui.

– Jason !

– Oui, Nancy, qu'est-ce que tu veux, encore ? bougonna-t-il.

– Je peux utiliser votre ordinateur juste une minute ? Je voudrais consulter ma boîte électronique.

Il poussa un soupir :

– Tu ne dînes pas ?

– Si si, dis-je, même si je n'avais pour le moment aucun appétit – j'avais l'esprit occupé par autre chose ! Je n'en ai pas pour longtemps, je vous assure.

Il me laissa entrer dans le bureau, où régnait toujours un désordre effarant. Je trouvai dans ma boîte deux mails : l'un de Ned, l'autre de papa. Papa avait rapidement rédigé une ou deux lignes pour m'embrasser, me dire qu'il était content que mon séjour au Costa Rica se passe bien, et me préciser que je ne manquais rien de palpitant à River Heights. Je lus ensuite la réponse de Ned :

« Chère Nancy,

Ça fait vraiment plaisir d'avoir de tes nouvelles ! Je suis ravi que tu te plaises au Costa Rica. As-tu déniché une énigme à résoudre ? Comme tu me l'as demandé, j'ai essayé de réserver une place à Corcovado Ecologica, mais je n'y ai pas réussi : j'ai reçu un message électronique de la résidence, m'informant que tout était réservé jusqu'à la fin de l'année. J'espère que ça t'avancera à quelque chose.

Ce n'est pas marrant, sans toi, à River Heights ! Tu me manques, et j'ai hâte d'être à la semaine prochaine pour te retrouver. Amuse-toi bien, et sois prudente, surtout !

Bisous,

Ned. »

Émue, je répondis à mon copain, pour lui dire qu'il me manquait aussi et que je le remerciais de son aide. Puis je me mis en quête de Jason. Il fallait que j'aie une discussion avec lui !

Jason s'était montré très bourru, et même grossier, depuis notre arrivée à la résidence.

Cela ne signifiait pas pour autant qu'il était coupable de quoi que ce soit. De plus, je n'avais rien déniché de suspect dans ses papiers. Peut-être ne se doutait-il même pas qu'il y avait une anomalie dans son système informatique. Son comportement désagréable pouvait être dû au stress – justement, parce que la résidence tournait à vide.

J'espérais, au fond de moi, qu'il se réjouirait de ce que je venais de découvrir : les clients ne désertaient pas Corcovado Ecologica, c'était le programme de réservation qui était défaillant ! Jason pourrait sans doute réparer ça rapidement, retrouver des clients, et réengager du personnel ! Les lieux seraient de nouveau bien tenus, tout retournerait à la normale !

Il restait encore à expliquer la disparition d'Esteban, les vols de matériel, l'absence des singes… Mais je tenais déjà quelque chose, et j'étais enchantée de pouvoir lui annoncer une nouvelle encourageante.

Tandis que je le cherchais, je tombai sur George. Je la mis au courant de ma découverte, qui ne la surprit pas.

— Il est arrivé un truc du même genre sur le site web de l'entreprise de restauration de ma mère, m'apprit-elle. Nous avions enregistré un message de réponse automatique pour annoncer que nous fermions pendant une semaine – tu sais, l'été dernier, lorsqu'on avait loué un chalet à Lake Firefly... Eh bien, le message est sorti sous la forme : «Nous sommes fermés», comme si c'était définitif, quoi. Ça nous a fait manquer plein de commandes.

– La cata, commentai-je.

– Je ne te le fais pas dire ! En tout cas, je sais comment régler ce genre de problème, maintenant. Si Jason est d'accord, je veux bien reprogrammer son site.

– Génial ! commentai-je avec un sourire. Viens, allons lui annoncer ça !

Nous le trouvâmes dans le pavillon quelques instants plus tard. Installé dans un coin, il feuilletait une revue.

– Jason ? fis-je pour attirer son attention.

– Ah, Nancy ! Tu as refermé la porte de mon bureau, j'espère ?

– Oui, bien sûr. Écoutez, j'ai quelque chose d'important à vous apprendre. Je pensais qu'il y avait une anomalie sur le site web de Corcovado Ecologica, alors j'ai demandé à un de mes amis de River Heights de faire un petit test.

– Quel genre de test ? grogna-t-il en me dévisageant d'un air soupçonneux.

– Eh bien, le frère de Dan a voulu réserver ici le mois dernier, et il a reçu un message comme quoi tout était complet. Cela m'a paru bizarre, puisque vous n'avez pas de touristes depuis plusieurs mois. Alors, j'ai demandé à mon ami de louer une tente pour demain. Et, figurez-vous, il n'y a pas réussi ! On lui a aussi répondu que tout était complet.

— C'est très certainement dû à un problème informatique, enchaîna George. J'ai déjà été confrontée à ce genre de chose, je peux tout arranger !

Je m'attendais à ce que Jason se montre reconnaissant, ne serait-ce qu'un tout petit peu ! Je fus donc très choquée lorsqu'il se mit à hurler :

— Je vous interdis de toucher à mon ordinateur ! Et je ne veux plus que vous mettiez les pieds dans mon bureau, compris ?

— Mais ça n'a rien de compliqué, je vous assure, s'obstina George. J'en ai pour une vingtaine de minutes. Une heure, grand maximum.

— Mêle-toi de tes affaires ! brailla Jason.

Et, envoyant valser le magazine par terre d'un geste furieux, il partit en trombe. George et moi le suivîmes du regard, médusées.

— Quelle mouche l'a piqué ? fit enfin George.

— Alors là, mystère… En tout cas, tu avais raison : ce type est louche !

— Ah ! Toi aussi, tu le soupçonnes ! De quoi est-il coupable, à ton avis ?

— Du diable si je le sais, marmonnai-je en me penchant pour ramasser la revue.

Un gros titre s'étalait en couverture : « Élevage des oiseaux exotiques ». Je glissai le magazine sous mon bras en ajoutant :

— Mais il a quelque chose à se reprocher, ça, j'en mets ma main au feu !

7. Idylle
dans la jungle

Dès que nous arrivâmes au réfectoire, Dan demanda :

— Tout va bien ?

— Oui, super, mentis-je, me contraignant à sourire.

— Je parie qu'il y a un souci du côté de ton petit ami, insista Dan.

— Pas du tout ! Ça se passe super bien avec Ned, comme d'habitude, affirmai-je.

— Bon, fit-il, fronçant les sourcils. C'était juste pour savoir. Si tu as besoin de parler, je suis là.

« Ben voyons ! » pensai-je. Ce n'était certes pas avec lui que j'aurais discuté d'une brouille entre Ned et moi – si une telle éventualité avait été possible ! Bess m'observait d'un air songeur. Manifestement, elle sentait que quelque chose ne tournait pas rond, et que cela n'avait rien à voir avec Ned, bien entendu. Mais elle était trop fine pour me questionner en présence des autres. Poussant gentiment une assiette devant moi, elle se contenta de dire :

– Tu devrais manger un peu, Nancy. Tu dois avoir faim.

Après le dîner, j'allai me promener un moment le long de la plage pour réfléchir au calme. La nuit était claire. La lune, qui faisait scintiller l'eau, répandait une douce lumière ; je n'avais pas besoin d'allumer la torche électrique que j'avais emportée. En revanche, trop d'interrogations se bousculaient dans ma tête pour que je prenne plaisir à contempler le paysage.

Pourquoi Jason s'était-il placé sur la défensive, et avait-il réagi avec autant d'agressivité, alors que nous cherchions à l'aider, George et moi ? Était-ce lui-même qui éloignait les touristes de la résidence ? Et pourquoi ? Fallait-il supposer que c'était lui aussi qui capturait les singes ? Et si c'était le cas, que voulait-il faire de ces animaux ? Puisque les trois chercheurs affirmaient qu'on ne pouvait tirer aucun profit d'un tel trafic...

Toute cette affaire avait-elle un rapport avec la disparition des jumelles de Stephanie et de l'objectif grand angle de Bud ? Et qu'en était-il d'Esteban ?

Je n'avais pratiquement pas d'éléments pour reconstituer le puzzle, et le temps pressait : nous devions rentrer à River Heights dans cinq jours !

Comme je revenais vers notre tente, je perçus un bruit curieux, étouffé, qui semblait provenir d'un bouquet de palmiers. Je me faufilai jusque-là, et trouvai Parminder assise dans un hamac, la tête entre les mains. Elle pleurait.

— Qu'est-ce qui se passe ? lui demandai-je avec douceur.

Elle releva la tête en tressaillant :

— Oh, c'est toi, Nancy…

Je lui tendis un mouchoir, la laissai souffler, et repris :

— Qu'est-ce qui ne va pas ?

— Rien. Rien du tout.

— On ne pleure pas pour rien, en général. Mais si tu n'as pas envie d'en discuter, je comprends, dis-je en m'installant dans le hamac voisin.

Elle m'adressa un pauvre sourire, et je vis que son regard était triste.

– Oh, il n'y a pas grand-chose à dire, murmura-t-elle.

– C'est l'état de la résidence qui te perturbe ? Ou l'absence des singes ?

– Eh bien, il est vraiment curieux qu'on n'en voie pratiquement pas après toutes ces années d'observations positives, me répondit-elle. Mais, pour être franche, ce n'est pas mon seul souci. Je suis triste à cause d'Esteban, le biologiste qui était en poste permanent ici. Je ne t'ai pas tout dit à son sujet, en fait.

– Comment ça ?

– Nous sommes amoureux l'un de l'autre, me révéla Parminder. Enfin, moi, je suis amoureuse de lui. C'est arrivé il y a cinq ans, au cours d'un séjour comme celui-ci.

– Oh, non ! m'écriai-je, prise de compassion.

Elle continua :

– Nous étions ensemble depuis ce temps-là. Évidemment, nous ne pouvions nous voir que pendant les vacances d'été et d'hiver…

– C'est dur.

Elle hocha la tête avec tristesse.

– Ça *l'était*, oui. Alors, je voulais qu'Esteban revienne à River Heights avec moi, cette année. Je lui avais même trouvé un poste de chercheur à l'université. Mais il n'était pas entièrement décidé, et je le comprends. Il veut continuer à œuvrer pour son pays. Je lui avais donné le temps d'y réfléchir, et il devait me faire connaître sa décision cette semaine.

— Et, au lieu de ça, il a disparu, achevai-je à sa place.

Parminder s'essuya furtivement les yeux.

— Il n'est pourtant pas du genre à se dérober ! Je me creuse la tête pour deviner ce que signifie cette absence. Désire-t-il rester au Costa Rica sans oser m'en faire part ? Y a-t-il autre chose ? Franchement, je ne sais pas si je dois lui en vouloir, ou si je dois m'inquiéter de sa disparition.

Je restai un instant songeuse. Finalement, je repris :

— Si Esteban est quelqu'un de bien, comme tu le penses, il semble impossible qu'il se soit évanoui dans la nature en te laissant sans nouvelles. À mon avis, il y a autre chose !

— Tu crois ? murmura Parminder avec espoir en séchant ses larmes.

— Oui ! déclarai-je avec conviction.

— Merci de ton soutien, Nancy, me dit-elle avec un faible sourire. Cela m'a fait du bien de parler de tout ça. Mais il faut que je me remette au travail. J'aimerais finir d'ordonner mes notes avant de me coucher.

Elle se leva, me souhaita bonne nuit et s'éloigna vers la résidence. De mon côté, je revins vers notre tente. J'étais plus déterminée que jamais à découvrir ce qui se passait à Corcovado Ecologica. Et j'avais un plan !

J'écartai la toile et lançai à mes amies :

— Dites, les filles, vous êtes prêtes à aller au fond de cette affaire ?

— Et comment ! fit Bess, levant les yeux du livre qu'elle était en train de lire à la lueur de sa torche. Quand je pense à ces pauvres singes, j'ai le cœur tout retourné.

— D'accord avec toi, lança George. Le trafic d'animaux, c'est dégoûtant ! Qu'est-ce que tu as mijoté, Nancy ?

Je souris de satisfaction. Je savais bien qu'elles me suivraient !

— Nos quatre équipes de recherche passent la journée dans la forêt, repris-je. Donc, ceux qui trafiquent le font en dehors des heures où nous nous y trouvons, OK ?

— On ne prend la piste qu'entre huit heures et demie et cinq heures. Ça leur laisse un sacré paquet de temps pour agir ! observa Bess.

— Pas tant que ça, objectai-je. Le soleil se couche à six heures, et la nuit tombe presque aussitôt. Cela signifie que les coupables, quels qu'ils soient, opèrent le matin. Donc, c'est à ce moment-là qu'on doit mener l'enquête. Je suggère qu'on aille dans là forêt dès le lever du soleil.

— Et tu crois qu'on les pincera ? demanda George.

— Je ne l'affirmerais pas, avouai-je. Mais on doit essayer !

8. Individus patibulaires

– Réveille-toi, Nancy ! me secoua George.

– Mmm ? grognai-je. Qu'est-ce qu'il y a ?

– La sonnerie d'alarme de ma montre ne s'est pas déclenchée. On devrait déjà être prêtes à partir !

De l'autre côté de la tente, Bess marmonna d'une voix ensommeillée :

– Qu'est-ce que vous racontez ?

– On est en retard ! insista George.

– Tu veux rire ! Il n'est que cinq heures !

J'avais à peine lâché cette réplique que je réalisai la situation et me redressai en sursaut. Zut, nous n'avions plus que quelques minutes ! Vu que nous comptions partir avant le lever du soleil… Je m'habillai en toute hâte, espérant que nous aurions le temps de suivre jusqu'au bout les empreintes du 4 x 4 et de revenir avant le petit déjeuner, pour que personne ne sache ce que nous avions entrepris.

Un moment plus tard, nous atteignions l'orée de la piste. Comme nous ne voulions réveiller personne, nous nous gardâmes de parler avant d'être à bonne distance des tentes.

George tripotait les commandes de sa montre électronique, très contrariée.

– Je ne comprends pas ce qui s'est passé ! maugréa-t-elle.

– Peu importe, affirmai-je. Nous sommes encore dans les délais. De toute façon, on pourra toujours recommencer demain.

En réalité, j'étais plutôt nerveuse : nous devions quitter Corcovado Ecologica samedi matin. Or, nous étions mardi… Cela nous laissait bien peu de temps pour surprendre des manœuvres louches, et y mettre fin !

Un toucan jaune et vert criailla au-dessus de nos têtes. Levant les yeux pour suivre son vol, je remarquai que le ciel était nuageux et gris, menaçant. Le temps était à l'orage !

Bess regarda dans la même direction et fronça les sourcils. Elle enfila son K-way au moment où un large éclair zébrait le ciel.

Presque aussitôt, le tonnerre gronda, assourdissant. Le bruit se répercuta à l'infini. Un instant plus tard, l'averse s'abattait sur la forêt et ne tarda pas à se muer en pluie torrentielle. Tête courbée, nous courûmes à travers les arbres.

Bess était bien couverte ; George avait un chapeau de pluie. Moi, je m'étais habillée si précipitamment que je n'avais pas songé à emporter la moindre protection. J'étais déjà trempée !

Mais c'était le cadet de mes soucis, pour le moment. Le vrai problème était que la piste se changeait en bourbier fangeux sous les trombes d'eau. Sans cesse, nous trébuchions sur des racines et glissions sur des feuilles mouillées. La pluie martela le sol de plus belle, et la visibilité devint presque nulle. J'avais beau lever ma main en visière et cligner des yeux, je ne voyais pas grand-chose ! Le vent s'était levé, les gouttes de pluie me cinglaient le visage en tourbillonnant. Soudain, je butai sur une pierre, et je dus m'agripper à Bess pour conserver mon équilibre.

– Ça va, Nancy ? demanda-t-elle.

– Oui, lui assurai-je.

Je me penchai pour retirer de ma chaussure un gros caillou aux bords acérés. Cela suffit pour qu'elle et George me distancent légèrement. Elles s'immobilisèrent pourtant à quelques mètres, et George s'écria :

– Regardez !

Je me hâtai de les rejoindre. Nous étions parvenues aux abords d'une petite clairière où se tenaient deux hommes. Protégés par de longs ponchos verts, ils maniaient de grosses haches d'aspect peu engageant. Ils étaient en train d'abattre un arbre et, chaque fois qu'ils cognaient sur le tronc, un bruit sec claquait à travers la forêt.

Bess murmura :

– Jason est l'un d'eux, à votre avis ?

Renvoyant en arrière mes cheveux détrempés qui me collaient à la figure, je scrutai les deux silhouettes. Nous n'en étions pas très éloignées, mais nous les distinguions mal sous la pluie battante. En plus, elles disparaissaient à demi sous les ponchos. Pas facile de les identifier !

– Je n'en sais rien, chuchotai-je. Mais ça ne me surprendrait pas.

En bordure de la clairière, il y avait un 4 x 4 et plusieurs cages vides. Par contre, pas un singe en vue. Précautionneusement, George ouvrit son sac à dos et en tira son appareil photo numérique. Puis, le braquant sur les deux hommes, elle commença à les mitrailler.

— Prends bien les cages, surtout, lui soufflai-je.

— Tu crois qu'elles sont destinées aux singes ? demanda-t-elle sans s'interrompre dans sa tâche.

— Je suppose...

Tout en observant la scène, je me mordillai la lèvre inférieure. J'étais perplexe. Les cages étaient petites et arrondies au sommet. Je leur trouvais quelque chose de curieux, sans pouvoir préciser ce que c'était. J'examinai les lieux, et la présence même de la clairière dans un tel endroit me parut incongrue. Ces hommes ne mijotaient rien de bon, c'était clair ! Ils se déplaçaient en voiture tout-terrain, ce qui était interdit dans la réserve naturelle. De plus, la forêt faisait partie d'un parc national protégé : on n'avait pas le droit d'y abattre des arbres.

Soudain, les inconnus s'écartèrent du tronc. Celui-ci vacilla, puis s'écroula, faisant vibrer le sol dans sa chute.

L'un des hommes s'attaqua aussitôt à un autre tronc. Son acolyte, lui, traversa la clairière. Je vis ses lèvres remuer. Il semblait compter les pas. Je devinai qu'il mesurait l'étendue du terrain dégagé. Je balayai la clairière des yeux : de toute évidence, ils coupaient les arbres pour libérer une surface déterminée.

Mais dans quel but ? Ça, je n'en avais pas la moindre idée !

Tout à coup, Bess et George me saisirent chacune par une main. Alertée, je retins mon souffle. L'homme s'était rapproché de nous ; il n'était plus qu'à quelques pas de l'endroit où nous nous tenions accroupies.

S'il se déplaçait encore un peu sur sa droite, il nous apercevrait !

C'est alors que l'orage cessa aussi soudainement qu'il avait commencé. Le silence tomba sur la forêt. Puis, de nouveau, des bruits retentirent.

L'arpenteur s'était remis à avancer, pataugeant dans les flaques. Il rabattit le capuchon de son poncho. À travers les feuilles, je pus voir qu'il était d'assez petite taille, et qu'il avait de longs cheveux noirs, attachés en queue de cheval.

L'autre lui cria quelque chose en espagnol. Alors, il fit volte-face et retourna vers lui.

— On a eu chaud ! chuchota Bess.

— Trop chaud, enchéris-je. Il faut qu'on s'en aille d'ici ! Tu as tout photographié, George ?

— Presque, souffla-t-elle.

Elle appuya sur un bouton, et le zoom sortit avec un ronronnement sourd. Elle s'empressa de couvrir l'appareil avec sa main pour étouffer le son. Les yeux braqués sur les inconnus, je constatai avec un intense soulagement qu'ils n'avaient rien entendu.

Malheureusement, quelques secondes plus tard, un *bip-bip* insistant se déclencha. Affolée, je lançai à George :

– Qu'est-ce que c'est ?

– Sais pas, fit-elle en manipulant les boutons de son appareil photo. Un signal… Si ça se trouve, la batterie est à plat.

– Ils vont nous repérer ! s'affola Bess, qui ne quittait pas les deux hommes du regard.

Ne réussissant pas à stopper le *bip-bip*, George remit l'appareil dans son étui et le fourra dans son sac à dos pour étouffer la sonnerie. Mais, au lieu de s'assourdir, celle-ci gagna en intensité ! Zut et rezut !

Comme je l'avais craint, un des hommes se tourna dans notre direction, scrutant les buissons qui nous abritaient. Il dit quelque chose à son acolyte et, soudain, ils s'élancèrent vers nous. Encore quelques secondes, et ils nous auraient rejointes !

Pendant un instant, nous restâmes figées.

– Il n'y a qu'une chose à faire, soufflai-je. Filer en courant ! On y va, les filles !

Nous redressant aussitôt, nous nous ruâmes vers le sentier, détalant le plus vite que nous pouvions sur le terrain détrempé. Un des hommes cria quelque chose et nous prit en chasse. L'autre beugla aussi en fonçant derrière lui. Inutile de savoir l'espagnol pour comprendre qu'il était furieux !

Obliquant vers la gauche, je passai sous une branche basse en avertissant mes amies :

— Attention !

Un instant plus tard, George, pantelante, s'exclama :

— C'est l'alarme de ma montre !

— Vive la technologie ! ironisa Bess. C'est fou ce que ça facilite la vie, comme tu dis !

— Comment peux-tu plaisanter dans un moment pareil ? grommela George sans ralentir.

Une imprécation sonore retentit dans notre dos. Je pilai sur place et me retournai, imitée par mes amies. Un de nos poursuivants venait de faire une chute ! Il se tortillait sur le sol en gémissant. Son compagnon se pencha vers lui ; puis, s'apercevant que nous nous étions arrêtées, il se remit à courir.

Plus nous nous éloignions de la clairière, plus je reprenais confiance. Nous nous étions débarrassées d'un des hommes. Nous étions jeunes, vigoureuses et rapides. Nous pouvions certainement distancer l'autre individu !

Mue par une poussée d'adrénaline, je zigzaguais entre les arbres. Bess et George, qui sont bonnes coureuses, me suivaient sans faillir. Les branches me fouettaient le visage, et la boue m'éclaboussait, mais je n'en avais cure ! Il fallait qu'on se retrouve en sécurité !

— Il n'est plus là, déclara soudain George, le souffle court.

Jetant un coup d'œil par-dessus mon épaule, je vis que notre poursuivant avait disparu.

— Continuons quand même, fis-je. Même s'il nous a perdues de vue, il ne va pas abandonner !

Nous détalâmes de plus belle. Lorsque je fus enfin certaine que nous l'avions semé, je ralentis peu à peu, obliquant vers la piste.

— Ouf ! lâcha George. Il était moins une !

— On l'a échappé belle ! enchérit Bess avec un frisson.

— Désolée pour l'alarme, reprit sa cousine.

— Et moi, pour les plaisanteries déplacées, enchaîna Bess en souriant.

— Y a plus de souci ! déclarai-je. On est hors de dang… AAAAH !

Je ne pus terminer ma phrase : le sol venait de se dérober sous moi dans un craquement sec.

Happée vers le bas, incapable de me retenir à quoi que ce fût, je ne tardai pas à atterrir sur un pied.

— Oooups ! fis-je.

Ma cheville se tordit tandis que je m'écroulais au fond du trou. Une douleur fulgurante me traversa la jambe, se propagea à travers tout mon corps. Mon pied me faisait horriblement mal, comme si on le brûlait au fer rouge. Des larmes me montèrent aux yeux.

Je les chassai d'un revers de main pour regarder autour de moi. J'étais sous terre, dans un espace étroit et profond. Un piège ! Je cillai pour mieux voir ; peine perdue ! Il y faisait trop sombre.

En rampant, je tâtai la paroi de terre meuble, et tentai de prendre appui dessus pour me mettre debout. Impossible, j'avais trop mal !

Tout à coup, tout près de mon oreille, j'entendis comme un bruissement, et une série de grognements.

Mon cœur se mit à battre la chamade, et j'oubliai ma douleur.

Non seulement j'étais prise au piège, mais, en plus, je n'étais pas seule !

9. Compagnons de captivité

Ainsi, j'étais prisonnière, et quelqu'un d'inconnu était enfermé avec moi. Que pouvais-je faire pour me tirer de là ? J'avais mal, je n'y voyais goutte, et j'étais glacée de peur. J'entendis des piétinements à ma gauche, et tournai lentement la tête dans cette direction. Puis, prenant mon courage à deux mains, je lançai dans les ténèbres :

— Qui est là ?

Pas de réponse. J'eus cependant l'impression qu'on se déplaçait non loin de moi.

— Je m'appelle Nancy Drew. Et vous, qui êtes-vous ? insistai-je. Il y a longtemps que vous êtes ici ? Est-ce que vous allez bien ?

Toujours pas de réaction. Secouée de frissons, j'implorai une dernière fois, d'une voix mal assurée :

– Répondez, je vous en prie ! Je veux vous aider.

Des grognements inintelligibles s'élevèrent tout à côté. Ce n'était pas ce que j'avais espéré... Le plus inquiétant, c'était que la créature qui me tenait compagnie s'était rapprochée de moi ! Je sentais son souffle sur ma joue – une odeur pas très agréable. Luttant pour garder mon sang-froid, je reculai insensiblement. Mon dos heurta la paroi, et je réalisai avec horreur que j'étais acculée.

L'être qui était là dut percevoir ma frayeur, car il se rapprocha encore. Un souffle chaud effleura de nouveau ma joue, et quelque chose toucha ma nuque. Je poussai un hurlement.

La créature se sauva en lâchant un cri qui n'avait pas grand-chose d'humain. Ça alors ! Était-il possible que... ?

Je tâtai le sol, en quête d'une arme quelconque pour me défendre, mais je ne rencontrai que la terre meuble, des brindilles, de petits cailloux.

– Nancy, tu es en vie ? lança soudain une voix au-dessus de moi.

C'était Bess ! Inondée de soulagement, je criai :

– Oui ! À l'aide !

– Vite, George ! Par ici ! Elle est là-dedans ! reprit Bess.

Elle fit jaillir le faisceau de sa torche par l'étroite ouverture du piège. Je clignai des yeux et distinguai les contours de sa tête.

– Tiens bon ! On va te tirer de là ! me cria-t-elle encore.

– N'éteins pas la torche, Bess ! Éclaire un peu à gauche, s'il te plaît ! Oui, c'est bien… comme ça !

Retenant mon souffle, je découvris huit paires d'yeux écarquillés. Huit singes capucins me dévisageaient en tremblant de frayeur.

Je portai ma main à ma bouche pour étouffer un rire.

– Je vous ai fait peur ? demandai-je gentiment.

– Mais à qui parles-tu ? lâcha Bess.

– Tu verras bien !

L'un des singes s'approcha craintivement de moi, me renifla, et posa sa main sur ma jambe. Je devinai qu'il s'intéressait au mélange de fruits secs que j'avais dans la poche. Je sortis le sachet et l'agitai devant lui :

– C'est ça que tu veux ? Tu as faim ?

Il m'arracha le sachet ; aussitôt, ses congénères l'entourèrent. Déchirant l'emballage, ils engloutirent le contenu avec voracité.

– Vous êtes là depuis longtemps ? continuai-je.

Mes yeux s'étant accoutumés à la pénombre, je vis qu'il y avait des marques de doigts sur les parois de la fosse. Les pauvres capucins avaient tenté de se sortir de leur prison ! J'eus un élan de colère envers ceux qui avaient osé les traiter ainsi. Je ne comprenais toujours pas pourquoi on s'était donné le mal de les capturer, mais une chose était sûre : je retrouverai les responsables de cette atrocité, et je les empêcherai de recommencer !

Quelques instants plus tard, une liane se balança devant moi, jetée depuis le bord de la fosse.

– On l'a solidement attachée à un tronc d'arbre ! m'expliqua Bess. Grimpe, Nancy !

De nouveau, elle balaya l'intérieur du piège avec le faisceau de sa torche :

– Hé, qu'est-ce que c'est ? Des singes ? Comme ils sont mignons ! Bravo, Nancy ! Tu as résolu le mystère !

– C'est ça, grommelai-je. Félicite-moi de ma maladresse !

Saisissant la corde improvisée, je commençai mon ascension. Puits, fossés profonds, cavernes… j'avais déjà dû plus d'une fois m'extirper d'endroits impossibles. Alors, ce genre de prouesse était tout à fait à ma portée. Sauf que là, c'était une autre affaire ! Dès que je m'appuyai sur ma cheville blessée, une douleur aiguë me traversa. Lâchant la liane, je vacillai et m'écroulai à terre.

– Nancy ! s'inquiéta George. Qu'est-ce qu'il y a ?

– Je me suis tordu le pied ! Je ne peux pas grimper !

Bess me jeta un coup d'œil, puis je l'entendis conférer avec sa cousine.

– Fabrique-toi un harnais, et on te hissera, me recommanda-t-elle un moment plus tard. Préviens-nous quand tu seras prête !

J'obtempérai. Formant une large boucle avec la liane, je la nouai comme pour une ascension en montagne. Puis je la passai sous mes aisselles et, fermement agrippée, je criai :

– Ça y est !

Mes amies commencèrent à me hisser peu à peu. Voyant que je m'élevais au-dessus d'eux, les singes se mirent à sauter dans tous les sens en braillant à tue-tête.

– Soyez tranquilles, leur promis-je, je ne vous abandonnerai pas là-dedans !

Quand j'émergeai à l'air libre, Bess et George me saisirent et me tirèrent hors de la fosse. Je me retrouvai assise par terre.

— Ouf! fis-je. J'ai eu une de ces peurs!

— Que fait-on pour les singes? s'enquit George. L'une de nous descend les aider à sortir?

— Pas la peine, dis-je. Vous n'avez qu'à leur descendre la liane, ils se débrouilleront très bien tout seuls!

Mes amies suivirent mon conseil; les singes, beaucoup plus habiles que moi, remontèrent à la surface en un rien de temps, et ne s'attardèrent pas à côté de nous! Ils grimpèrent aussitôt au sommet de l'arbre le plus proche.

— Qui a pu capturer ces pauvres bêtes? demanda Bess, apitoyée.

— De sales gens! décrétai-je. Bon, les filles, nous avons intérêt à retourner au camp. Nos amis les bûcherons rôdent sûrement dans la forêt... Le coin n'est pas sûr!

Avant de quitter les lieux, nous redonnâmes au piège son aspect initial, dissimulant le trou avec des branchages, des brindilles et des feuilles. Je pris soin de mémoriser des éléments de repère pour retrouver l'endroit: un rocher dont la forme évoquait les contours du Texas, un arbre énorme envahi par des plantes grimpantes... Je voulais être certaine de ne pas tomber de nouveau dans la fosse si nous revenions dans les parages!

Puis mes amies m'encadrèrent; je pris appui sur leurs épaules, et sautillai sur une jambe jusqu'au campement. Nous y parvînmes peu après huit heures, alors que tout le monde achevait le petit déjeuner.

— Qu'est-ce qui vous est arrivé? demanda Dan, effaré et vaguement soupçonneux.

Rien d'étonnant à son attitude! Je boitillais, j'étais trempée comme une soupe et couverte de boue. George était valide, mais guère plus présentable que moi. Quant à Bess... eh bien, elle avait encore réussi le tour de force d'avoir l'air convenable! Du diable si je sais comment elle s'y prend!

— Nous avons voulu faire une petite balade avant le breakfast, prétendis-je.

Si ce n'était pas un mensonge éhonté, je dissimulais quand même une grande partie de la vérité. Pas de quoi être fière! L'équipe nous dévisagea d'un air dérouté.

— On a été surprises par l'orage, enchaîna George.

Parminder, qui nous observait en serrant les mâchoires, fit observer :

— Vous avez dû partir tôt!

J'avais l'intention de ne rien cacher à Parminder de ce que nous avions vu. Mais il était hors de question que je lui révèle quoi que ce soit devant les autres, et surtout pas devant Jason. Je lui décochai un regard implorant, qui signifiait : « S'il te plaît, ne m'interroge pas maintenant ! » Elle acquiesça d'un signe de tête imperceptible : elle avait compris !

– Bon, on se dépêche d'aller se changer, reprit Bess. On ne veut pas se mettre en retard !

Dire que notre journée d'exploration n'avait même pas commencé ! Je m'assis sur un banc. J'avais trop mal, et j'étais trop épuisée pour continuer.

– Tu veux que je t'aide ? me souffla George.

– Non, allez-y, les filles. Je vous rejoins dans quelques minutes.

Comme elles s'éloignaient vers notre tente, Dan vint s'installer près de moi.

– Que s'est-il passé ? s'enquit-il.

– J'ai trébuché.

J'allongeai ma jambe sur le banc et enlevai ma chaussure et ma chaussette. Je ne pus retenir une grimace en voyant ma cheville : elle était rouge violacé, et deux fois plus grosse que d'habitude.

– Hou là, Nancy ! Ce n'est pas beau à voir ! commenta Kara en s'approchant de moi. Il faut que tu mettes un peu de glace dessus.

– Je t'apporte ça tout de suite, me dit Dan.

Il se dirigea vers la cuisine. De mon côté, je

compris que je ne pourrais pas prendre la piste aujourd'hui. J'avais très mal, j'aurais retardé mes amies. Et puis, si nous retombions de nouveau sur les hommes à la hache, je n'aurais aucune chance de les distancer, cette fois !

10. Le voleur récidive

Avant le départ des équipes, je réussis à prendre Parminder en aparté, et la mis au courant des événements.

— J'ignore ce que ces types fabriquent, conclus-je. Ce qui est sûr, c'est qu'il est dangereux de s'aventurer dans la forêt.

Elle réfléchit, l'air songeur et rembruni.

— Ce sont probablement de petits délinquants, dit-elle enfin. Esteban avait souvent affaire à ce genre de problème. S'ils ne sont que deux, c'est un moindre mal. J'imagine qu'ils essaient de se faire un peu d'argent en débitant les arbres abattus pour vendre les bûches. Ce trafic n'a pas de conséquences graves sur l'environnement. Je ne l'approuve certes pas, mais je n'y peux pas grand-chose. Mon rôle est d'empêcher l'abattage à grande échelle, qui porte sur des centaines, voire des milliers d'arbres.

— Ils étaient armés de haches ! soulignai-je. Je n'ai rien compris à ce qu'ils racontaient, mais en tout cas, ils étaient furieux !

— J'imagine qu'ils voulaient vous dissuader de revenir sur place. Ils n'avaient sans doute pas l'intention de vous faire du mal. Le fait qu'ils opèrent aux aurores prouve qu'ils cherchent à nous éviter, raisonna Parminder. Nos volontaires ne risquent donc pas de tomber sur eux. De toute façon, ces « braconniers » ne s'en prendront à personne.

— Et le piège ? fis-je. Il pourrait très bien y en avoir d'autres. C'est dangereux !

— Vous aviez quitté la piste, me rappela Parminder. Fais-moi confiance. Si je pensais que nos bénévoles courent le moindre risque, je ne les enverrais pas en exploration. En ce qui te concerne, en revanche, il est hors de question que tu bouges d'ici. Tu es hors d'état de marcher !

— Tu es bien sûre de ta décision en ce qui concerne les équipes ? insistai-je.

Elle hocha la tête avec obstination :

– Ce séjour est loin d'être une réussite, pour le moment. Il est important de continuer nos observations et nos recherches. Je conçois que tu aies tes propres méthodes, Nancy. Mais je serais catastrophée s'il t'arrivait quelque chose. Sois prudente, je t'en prie !

Je lui promis de l'être, puis dis au revoir à tout le monde. Ensuite, je me traînai jusqu'à notre tente, pris des vêtements propres et allai me doucher avant de me changer. Je devais commencer à m'habituer à la vie de la jungle, car je ne tressaillis même pas en découvrant qu'une araignée partageait la douche avec moi. Je savourai plutôt l'agréable fraîcheur du jet qui me débarrassait de la boue.

De retour dans la tente, je constatai que George y avait laissé son appareil photo. De tous les gadgets qu'elle collectionne, c'est celui que je préfère. Je visionnai ses clichés en riant de bon cœur. Sur l'un de ceux qu'elle avait pris au retardateur pendant nos préparatifs de départ, elle montrait, en arborant un sourire comique, les sept pinces à cheveux que Bess avait réunies en vue du voyage : une pour chaque jour de séjour au Costa Rica ! Sur la photo suivante, mon père nous adressait des signes de la main à l'aéroport...

Après, venaient celles qui avaient été prises

le jour de notre arrivée : les capucins dans l'arbre ; Dan, tout sourire, me tenant par les épaules... Enfin apparurent les cages de la clairière. Je zoomai dessus pour les examiner en détail. Quelque chose m'intriguait...

Je compris soudain ce que c'était : les portes de ces cages étaient trop petites pour livrer passage à des singes ! En fait, aucune ne semblait assez grande pour accueillir un capucin. Moins encore un hurleur ou un singe-araignée. Il y avait de quoi s'interroger ! Si ces cages n'étaient pas destinées à des singes, alors, à quoi pouvaient-elles servir ?

Je décidai de montrer ces photos aux chercheurs à leur retour. Ils auraient peut-être une idée...

Mon estomac gargouilla, manifestant son mécontentement. Je n'avais rien avalé depuis la veille. Reposant l'appareil sur le lit de George, je gagnai la cuisine en boitillant. J'y trouvai Manuela, occupée à détailler des mangues en tranches pour faire une salade de fruits. Elle leva les yeux sur moi d'un air surpris :

— Tu n'es pas en excursion, Nancy ?

— Non, malheureusement. Je me suis tordu la cheville.

— Oh, quel malheur ! J'espère que tu n'as pas trop mal.

– Ce n'est rien de grave, tu sais.

– Je ne t'ai pas vue au petit déjeuner. Tu dois mourir de faim !

Sur ce, Manuela me proposa des biscuits et de la confiture, et je m'attablai en la remerciant.

– Miam ! fis-je en dégustant les biscuits, délicieusement moelleux. C'est drôlement bon !

– Merci, me dit-elle avec un grand sourire. C'est moi qui les ai faits ce matin, d'après la recette secrète de maman.

– Tu cuisines très bien ! lui assurai-je avec conviction.

Puis, me disant que c'était l'occasion ou jamais de... cuisiner un peu Manuela, je lui demandai carrément :

– Il y a longtemps que vous travaillez ici, ta mère et toi ?

– Eh bien, maman a été engagée ici quand j'étais encore toute petite. Depuis, j'ai toujours vécu à la résidence. Je me souviens à peine de l'époque où je n'étais pas à Corcovado Ecologica.

– Tu dois être très attachée à cet endroit...

– Il est merveilleux, et je m'y sens chez moi.

– Je peux t'aider à préparer quelque chose ?

— Tiens, détaille la papaye en cubes, si tu veux bien, répondit Manuela en me tendant un tablier et un couteau.

Je passai le tablier :

— J'adore ce fruit ! Au fait, ça te plaît, de travailler ici ?

— Oui, assez, me dit-elle. J'aime bien aider maman, et puis, c'est pour la bonne cause : nous mettons de l'argent de côté pour payer mes études à l'université.

— L'université ! m'exclamai-je. Tu es encore bien jeune !

— Il n'est jamais trop tôt pour s'y préparer. J'y entrerai dans trois ans et demi. J'espère que…

Elle s'interrompit, plongée dans ses pensées, puis lâcha en hochant la tête :

— Peu importe ! Je ne veux pas t'ennuyer avec mes soucis.

— Tu ne m'ennuies pas du tout, voyons ! Parle.

— Eh bien… Jason a renvoyé presque tout le personnel ; alors, j'ai peur qu'il ne se débarrasse aussi de maman. Si vous n'étiez pas là, nous ne ferions la cuisine que pour Jason, et éventuellement ses amis. Il y a un moment qu'il n'y a pas eu de vrais clients, ici. Je ne suis pas sûre qu'il ait les moyens de continuer à nous payer.

Dressant l'oreille, je m'empressai de demander :

— Les amis de Jason ? Qui sont-ils ? Je n'ai encore vu personne ici, à part nous.

— Deux hommes sont venus, m'apprit Manuela. Ils n'étaient pas très bavards ; alors, je ne peux pas te dire grand-chose à leur sujet. Ils sont repartis juste avant votre arrivée.

Ou je me trompais, ou les amis de Jason ne faisaient qu'un avec les manieurs de hache ! Mais je n'allais sûrement pas révéler mes soupçons avant d'en avoir la certitude.

— Tu ne les as plus revus ? insistai-je.

— Non. De toute façon, je n'oserais pas en parler à Jason. Il a tendance à s'énerver pour un rien, ces derniers temps.

— Et tu sais pourquoi ? Tu le lui as demandé ?

— Oh, non ! Je ne pourrais jamais l'interroger là-dessus. Il n'y a qu'à voir ce qui est arrivé à Esteban.

« Nous y voilà ! » pensai-je avec une sensation bizarre au creux de l'estomac.

— C'est-à-dire ? fis-je. Je croyais qu'il avait démissionné.

— Pas du tout ! Il s'est fait virer parce qu'il posait trop de questions. S'il te plaît, ne dis surtout pas à Jason que je t'en ai parlé !

— Je ne ferai jamais une chose pareille, lui assurai-je. Je tiens à tirer toute cette histoire au clair, mais je ne trahirai pas ta confiance pour y parvenir, crois-moi.

Elle me décocha un sourire reconnaissant.

— Dan m'a appris que tu es une détective célèbre.

— Il exagère, affirmai-je en rougissant, je ne suis pas célèbre.

— Ça, c'est toi qui le dis ! De toute façon, je suis très contente que tu veuilles t'occuper de ce qui se passe ici.

— Manuela… puis-je te poser une autre question ?

— Bien sûr. Je ne demande pas mieux que de t'aider.

— Pas mal d'objets ont disparu. Tu sais pourquoi ?

Elle marqua un temps d'arrêt, puis commenta en haussant les épaules :

— Les gens égarent tout le temps des tas de choses. Le vrai problème de la résidence, c'est qu'il n'y a pas de clients. Et le comportement de Jason.

— Mais…

— Je ne sais rien au sujet de ces disparitions, Nancy ! me coupa Manuela. Excuse-moi, j'ai du travail.

– Écoute, je…, commençai-je.

Je n'allai pas plus loin. Elle s'était levée d'un bond et avait déjà disparu par la porte de derrière.

Je regagnai notre tente et j'essayai de réfléchir à ce que je venais d'apprendre. Mais je m'endormis avant d'avoir pu démêler quoi que ce soit.

Lorsque je me réveillai, je constatai que George et Bess étaient rentrées.

– Alors, ça s'est bien passé, aujourd'hui ? leur lançai-je.

– Oh, Nancy, tu dormais ! Désolée, fit Bess.

Je me redressai en me frottant les yeux :

– Y a pas de souci. Il vaut mieux que je me lève, sinon je passerai une nuit blanche.

– Ta cheville va mieux ? s'enquit George.

– Un peu. J'ai mal seulement quand je m'appuie dessus.

– Tu devrais y appliquer de la glace, me conseilla Bess.

– Oui, je le ferai tout à l'heure. Mais, d'abord, racontez-moi votre journée.

Elles échangèrent un regard préoccupé ; puis George se décida :

– Eh bien… on n'a pas vu un seul singe.

– Hein ? Vraiment aucun ?

– Non. Il faut croire qu'il y a pas mal de

pièges comme celui où tu es tombée, déclara Bess. Et toi, tu as déniché quelque chose en notre absence?

— J'ai fait pas mal de découvertes, oui. D'abord, Esteban n'a pas démissionné. On l'a renvoyé. Et puis Jason a reçu deux amis, qui sont partis juste avant notre arrivée.

— Tu penses que ce sont les types qui nous ont prises en chasse, c'est ça? devina George.

— Effectivement. Mais il vaut mieux garder ça pour nous, pour le moment. Oh, au fait! J'allais oublier le plus important. J'ai regardé les photos que tu as enregistrées sur ton appareil, George, et je me suis rendu compte que les cages sont trop petites pour accueillir des singes. Ils ne pourraient jamais y entrer, d'ailleurs, les portes sont minuscules.

— Mais alors, à quoi sont-elles destinées? lâcha Bess.

— Je n'en sais rien. Peut-être qu'un chercheur aura une idée, non? Il faudra que tu apportes ton appareil au réfectoire, George.

— Excellente suggestion, approuva mon amie en fouillant dans son sac. L'ennui, c'est que je n'arrive pas à mettre la main dessus.

— Je l'avais laissé sur ton lit.

— Eh bien, il n'y est plus.

Je n'eus pas le temps de faire le moindre

commentaire : des cris retentirent aux abords de notre tente.

— Mensonge ! hurlait quelqu'un.

— Allons bon, qu'est-ce qu'il y a, encore ? marmonnai-je tandis que nous sortions précipitamment à l'extérieur.

Bud, furieux, tenait Manuela par un bras. La jeune fille, en larmes, se débattait pour tenter de se libérer.

— Lâche-là, Bud, voyons ! lançai-je. Qu'est-ce qui se passe ?

— J'ai pincé notre petite voleuse ! affirmat-il sans aménité. Elle se faufilait vers ma tente avec mon grand angle planqué dans son tablier.

— Je ne suis pas une voleuse ! s'écria Manuela. Je venais vous rapporter votre objectif !

— Pourquoi ? aboya Bud. Tu t'es aperçue que tu ne pouvais rien en faire ?

— C'est faux ! Je ne prendrais jamais quelque chose qui ne m'appartient pas ! Je vous le jure !

— Calmez-vous ! intervins-je. Bud, s'il te plaît, laisse-la s'expliquer. Et arrête de lui serrer le bras comme ça.

À contrecœur, Bud relâcha Manuela. Celle-ci renifla un bon coup et se moucha avant de reprendre :

— Je travaillais à la cuisine, comme d'habitude, quand j'ai aperçu du coin de l'œil quelque chose de brillant près des ordures. Je me suis approchée, et j'ai vu l'objectif. Je savais que Bud l'avait perdu, parce que j'avais entendu sa dispute avec Jason, l'autre jour. Alors, j'ai voulu le lui rapporter.

Ce n'était pas tout à fait plausible, il fallait l'admettre. Pourtant, je faisais confiance à Manuela. Je ne l'imaginais pas du tout en voleuse ! Elle avait réagi bizarrement lorsque je l'avais interrogée sur les vols, c'était vrai ; mais sans doute y avait-il une raison...

Malheureusement, les autres n'étaient pas aussi sûrs que moi de l'honnêteté de la jeune serveuse. Haussant les sourcils, Stephanie lui lança d'un ton insinuant :

— Tu n'aurais pas mes jumelles, par hasard ?

— Mon appareil photo numérique a disparu. Tu n'aurais pas une idée de l'endroit où il se trouve ? enchaîna George, tout aussi inamicale.

Manuela les regarda tout à tour d'un air interdit, puis enfouit son visage entre ses mains.

— Ça suffit comme ça ! dis-je en lui entourant les épaules d'un bras réconfortant. George, tu me déçois ! Stephanie, je suis convaincue que Manuela n'a rien à voir avec ces vols.

– Mais enfin, Nancy, tout le monde était dans la forêt, à part toi ! objecta cette dernière.

– Tu oublies Lupa, lui signala George.

– Maman a la migraine. Elle est restée à la maison pour se reposer, déclara avec force Manuela.

– Et j'ai tenu compagnie à Manuela pendant la majeure partie de l'après-midi, soulignai-je. Il y a forcément une autre explication.

La jeune fille lança :

– Excusez-moi, il faut que je me remette au travail. Je suis désolée que vous ayez perdu vos appareils. Je n'y suis pour rien, je vous supplie de me croire ! Si je les retrouve, je vous les rapporterai tout de suite, je le fais toujours.

Là-dessus, elle partit vers la cuisine, nous laissant interdits.

– La pauvre ! lâcha enfin Bess. Quelle histoire affreuse !

George se tourna vers moi :

– Je regrette d'avoir perdu mon sang-froid, Nancy. J'aime bien Manuela, mais il est quand même curieux qu'elle ait retrouvé l'objectif.

– Je ne prétends pas le contraire ! Seulement, je sens que ce n'est pas une voleuse.

Pourtant, tout en faisant cette déclaration, je repensai, troublée, aux propos de la jeune aide-cuisinière. «*Si je les retrouve, je vous les rapporterai tout de suite, je le fais toujours.* »

Apparemment, elle avait eu d'autres occasions de restituer des objets aux clients. Intéressant…

11. À rebrousse… plume

J'ai une amie d'un certain âge, Mme Benting, qui me charge parfois de faire des courses. Un après-midi que je l'aidais à faire le ménage dans sa cave, je tombai sur plusieurs cages, petites et arrondies au sommet, avec des portes carrées. Lorsque je la questionnai à leur sujet, elle m'apprit qu'elle avait autrefois élevé des perroquets. Ce soir-là, dans le pavillon, alors que je décrivais aux chercheurs de River Heights les cages que nous avions photographiées dans la clairière, je me rendis soudain compte qu'elles étaient forcément destinées à des oiseaux ! Comment avais-je pu ne pas m'en aviser plus tôt ?

– En es-tu sûre ? me demanda Parminder quand je leur fis part de ma déduction.

– Certaine !

Intriguée, Mary lâcha :

– Je me demande ce qu'ils peuvent faire avec des cages à oiseaux...

– J'ai bien entendu le mot «oiseaux»? lança alors Stephanie qui, en passant non loin de nous, avait capté des bribes de la conversation. Figurez-vous que j'ai aperçu un ara macao sur la piste, aujourd'hui ! Quelle merveille ! Mais il n'a pas laissé tomber de plumes. J'ai trouvé ça vraiment frustrant. J'aimerais bien en avoir pour décorer mon paréo.

– Bess en a plein, lui dis-je. Elle t'en donnera très volontiers.

– Super ! commenta Stephanie. Je vais lui en demander tout de suite.

Parminder glissa d'un air surpris :

– Excuse-moi, Stephanie, tu n'as vu *qu'un seul* oiseau ?

– Oui. Si on n'avait pas volé mes jumelles, j'aurais peut-être pu en observer d'autres.

– Si je te pose la question, continua Parminder, c'est parce que les aras macaos vont toujours par deux.

– Comme les pingouins ? suggéra Stephanie.

– Exactement.

– Bizarre…, lâcha Stephanie. Bon, à plus. Je vais voir Bess.

Dès qu'elle ne fut plus à portée de voix, je demandai à Parminder :

– Il y a beaucoup d'aras macaos dans la forêt tropicale ?

– Pas tant que ça, répondit Parminder. Une quinzaine de couples. C'est drôle, d'habitude, j'en repère au moins un par jour quand je viens ici. Cette année, je n'en ai encore observé aucun.

– Tu as raison, c'est vraiment étrange, enchaîna Mary.

– Hé, minute ! m'écriai-je, l'esprit soudain en ébullition.

J'aurais juré que je venais de mettre le doigt sur un indice ! Un élément capital, même !

– Quand les oiseaux ont des raisons d'être nerveux, comment réagissent-ils ? m'enquis-je.

– Eh bien, leur réaction naturelle est curieuse : ils ébouriffent leurs plumes, m'apprit Mary.

– Et est-ce qu'ils peuvent en perdre, à ce moment-là ? continuai-je.

Ce fut Dan qui répondit :

– Certes. Les oiseaux perdent constamment des plumes, mais celles-ci tombent en plus grand nombre lorsqu'ils sont en danger, ou que quelque chose les inquiète.

Parminder, qui n'avait cessé de me dévisager depuis un instant, énonça alors avec un demi-sourire :

— J'ai l'impression que notre détective maison est sur une piste !

— C'est juste une hypothèse, rectifiai-je.

— Dis-la, pour voir, m'encouragea Dan.

Je jetai un coup d'œil alentour, puis, baissant la voix, je récapitulai :

— Bon. Les hommes que nous avons repérés dans la clairière avaient apporté un tas de cages à oiseaux. Stephanie a vu un ara solitaire, alors qu'ils vont toujours par deux. Et Bess a trouvé beaucoup de plumes d'ara macao au pied de l'arbre où était accroché le filet.

— Soit, et alors ? fit Dan.

— Est-ce que les aras macaos ont une grande valeur ?

— Oui, me répondit-il. C'est une espèce en voie d'extinction. Les parcs zoologiques et les collectionneurs sont prêts à débourser de petites fortunes pour en avoir.

— Mais… j'imagine qu'il est illégal de les capturer, puisqu'ils sont menacés ? Comment un zoo pourrait-il en acheter ?

Mary m'expliqua :

– Un voleur professionnel trouvera toujours le moyen de contourner la loi. C'est compliqué, mais pas impossible. Il suffit de fabriquer de faux papiers, pour faire croire que les oiseaux viennent d'ailleurs, et non de la forêt tropicale. Ça s'est déjà vu.

– Je devine où tu veux en venir, Nancy, me dit alors Parminder. Il y a tout de même quelque chose que je ne m'explique pas. Pourquoi ces hommes abattent-ils des arbres si leur but est de capturer des macaos ? Et pourquoi y avait-il de la fourrure de singe dans le filet ?

– Je n'ai aucune preuve, admis-je en repensant à la revue sur les oiseaux exotiques que Jason avait feuilletée. Mais j'ai une idée.

Le regard brillant, Dan s'enquit alors :

– Consens-tu à nous la révéler, Sherlock ?

– Pas encore, fis-je avec un sourire. Je vous en ferai part quand j'aurai acquis une certitude.

Nous quittâmes le pavillon. J'en profitai pour prendre Parminder à part, et l'informer de ce que j'avais appris :

– D'après Manuela, Esteban n'est pas parti volontairement. Il a été renvoyé !

– Tu me mets du baume au cœur, avoua-t-elle. J'aimerais tout de même bien savoir où il se trouve !

— Il a peut-être tenté de te joindre, non ? As-tu consulté ton courrier électronique ?

— Je le fais chaque fois que Jason m'y autorise. C'est lui qui contrôle tout, évidemment. S'il a renvoyé Esteban, et qu'il cherche à le cacher, il ne va pas me laisser accéder à son ordinateur !

— C'est sûr. Je me demande bien ce qu'Esteban a découvert… Si on l'a renvoyé, c'est qu'il s'était montré curieux, et qu'il avait mis la main sur quelque chose d'important.

— Je suis de ton avis, Nancy.

— Je vais bientôt tirer tout ça au clair ! déclarai-je.

Le lendemain, je me réveillai aux aurores et je me faufilai hors de notre tente. Je voulais mener quelques investigations dans la résidence. Le bureau de Jason était fermé, et lui-même ne se trouvait pas dans les parages. J'allai donc fouiner un peu dans la cuisine. Manuela et Lupa n'étaient pas encore là, à cette heure matinale.

À l'instant où j'arrivais au pavillon, j'entendis des voix étouffées à quelque distance. Me dirigeant prudemment dans cette direction, je me retrouvai vite en train de longer un petit sentier qui grimpait à flanc de colline, à travers les arbres. Quelques minutes plus tard, je tombai sur une cabane de bambous entourée d'une clôture basse. Comme la barrière en bois était ouverte, j'entrai et m'approchai du seuil.

Je tendis l'oreille : deux femmes discutaient à l'intérieur, et elles ne semblaient pas d'accord. Il y avait aussi un autre bruit : une sorte de trottinement, pareil à celui d'un animal.

Je frappai à la porte, et les voix se turent aussitôt. Puis il me sembla percevoir un aboiement, des chuchotements, un claquement de porte. Et un appel en espagnol.

— C'est Nancy ! criai-je. Je peux entrer ?

La porte s'ouvrit alors, et je me retrouvai face à Manuela. Elle semblait paniquée.

— Nancy ! Qu'est-ce qui t'amène chez nous ?

— Je ne veux pas déranger, balbutiai-je, soudain gênée. En fait, je passais par là et...

Le bruit que j'avais entendu se renouvela. Il semblait venir d'un placard, et il m'était plutôt familier !

— Minute..., lâchai-je. C'est un chien, ou quoi ?

L'air effrayé, Manuela me fit signe de me taire et m'attira vivement à l'intérieur en s'em pressant de refermer la porte derrière nous.

— Nancy, peux-tu garder un secret ? me demanda-t-elle.

— Bien sûr. Qu'est-ce qui se passe ?

Lupa hocha la tête, grommelant quelque chose que je ne compris pas. Manuela lui dit :

— Il n'y a pas de problème, maman.

Alors, Lupa traversa la pièce, et ouvrit une porte. Aussitôt, un adorable chiot apparut en sautillant. C'était une femelle, avec un pelage marron, un œil cerclé de noir, et l'autre de blanc. Elle se dressa sur ses pattes et me lécha. Je me mis à rire, me penchant pour la caresser.

— Comme elle est mignonne ! m'exclamai-je.

— N'est-ce pas ? dit Manuela. Hélas, Jason n'est pas de cet avis, lui !

— Il est allergique aux chiens, précisa Lupa. Alors, il les a interdits de séjour à Corcovado Ecologica. Quand nous avons recueilli cette petite chienne errante le mois dernier, il nous a fait promettre de nous en débarrasser.

— Je croyais lui avoir trouvé un foyer d'accueil il y a une semaine, enchaîna Manuela. Malheureusement, ça n'a pas marché. Alors, depuis, je la cache ici.

— Jason habite assez loin de vous, non ? observai-je. Qu'y a-t-il de mal à ce que vous gardiez un chiot ?

– Eh bien, elle est un peu trop remuante, et drôlement futée, m'expliqua Manuela. Elle n'arrête pas de creuser des trous sous la clôture et de s'échapper. Je n'en reviens pas que Jason ne se soit encore aperçu de rien ! Dès qu'elle gambade dans les environs, il se met à éternuer de manière épouvantable. Bizarrement, il n'a pas encore découvert le pot aux roses.

– À moins qu'il n'attende son moment pour nous dire notre fait, intervint Lupa. C'est vraiment stressant, d'être toujours sur le qui-vive, à se demander si on ne va pas se faire renvoyer du soir au lendemain.

– C'est affreux ! Comment s'appelle cette petite chienne ?

– Je l'ai baptisée Miss, m'apprit Manuela. Maman pense que ce n'est pas une bonne idée de lui donner un vrai nom. On pourrait s'attacher un peu trop à elle.

– Je voudrais vous aider, déclarai-je. Puis-je faire quelque chose ?

– Tout ce qu'on te demande, c'est de ne rien révéler à Jason, répondit Lupa. S'il venait à l'apprendre, ce serait notre ruine ! Je veux pouvoir envoyer Manuela à l'université, afin qu'elle ait un véritable avenir. Alors, il ne faut pas que nous perdions notre gagne-pain !

– Soyez tranquilles ! Je saurai garder votre secret.

– Merci de tout cœur, Nancy, dit Lupa.

– De rien. Excusez-moi d'avoir frappé à votre porte. J'étais curieuse, c'est tout. Je n'ai pas voulu vous indisposer.

– Il n'y a pas de mal, m'assura Manuela. On s'apprêtait à aller au travail.

– Alors, je vous laisse vous préparer. Au revoir !

Je m'éclipsai, non sans avoir donné une petite caresse d'adieu à Miss.

Comme j'avais beaucoup moins mal à la cheville, je me promenai le long de la plage en contemplant les vagues, en réfléchissant aux éléments que j'avais réunis dans mon enquête. J'étais scandalisée par la situation de Lupa et de Manuela, qui craignaient sans cesse de perdre leur travail – à cause d'un chiot inoffensif ! C'était injuste. Cependant je devais oublier cela pour le moment, et me concentrer sur l'énigme que j'avais à résoudre.

J'étais certaine que Jason et les hommes de la clairière capturaient des macaos pour les vendre. Leur mobile était évidemment l'appât du gain !

Et j'avais quelques preuves : le magazine sur l'élevage des oiseaux exotiques, les cages… Ce que j'ignorais, en revanche, c'était leur façon d'agir, et l'endroit où se trouvaient les oiseaux. J'ignorais aussi à quoi servait la clairière, et quel rôle les singes disparus jouaient dans l'affaire. J'avais beau me creuser la cervelle, je ne parvenais pas à emboîter les pièces du puzzle !

Une heure plus tard, en rejoignant les bénévoles au réfectoire, j'entendis Bess se lamenter que ses chaussures de randonnée étaient introuvables.

— Encore un coup du voleur ? fit Stephanie en décochant un regard rembruni à Kara et Benita.

Bess m'aperçut alors à quelques pas, et me cria :

— Nancy ! Où as-tu la tête ? Tu as vu ce que tu portes ?

— Quoi encore ? maugréai-je.

J'avais un T-shirt gris tout simple et un short fauve. « Une tenue normale, quoi », pensai-je en baissant les yeux. Et là, je vis ce qui avait provoqué la réaction de Bess : j'avais *ses* chaussures de randonnée ! Dans ma distraction légendaire, je les avais enfilées, alors qu'elles ne ressemblaient pas du tout aux miennes : elles étaient violettes !

– Tu n'aurais pas confondu mes jumelles avec ton collier, par hasard ? blagua Stephanie, hilare.

– Euh… pardon ? fis-je.

Benita commenta en riant :

– Stephanie est du genre à n'avoir qu'une seule idée en tête, tu sais !

– Oh, c'est vrai, tes jumelles, repris-je. Désolée, pour l'instant je n'ai aucune piste.

Je n'étais pas tout à fait remise de ma foulure. Mais je ne voulais pas manquer cette journée dans la forêt : j'espérais bien y trouver d'autres indices ! Je pris donc rapidement mon petit-déjeuner, puis allai changer de chaussures avant de partir avec George et Bess.

– Espérons qu'on verra des singes, soupira Bess alors que nous grimpions la colline.

Je racontai à mes amies où j'en étais de mes découvertes et de mes déductions – en passant momentanément sous silence l'existence de Miss. Soudain, Bess me saisit par un bras et s'exclama :

– Nancy ! Regarde !

Devant nous, un grand arbre abritait toute une tribu de singes hurleurs. Certains portaient des bébés sur leur dos.

– C'est inouï ! m'écriai-je.

– Vous avez vu ça ? lâcha George, émerveillée. Quel dommage que je n'ai plus mon appareil photo !

Bess tira son calepin et son stylo de son sac, et se mit à compter.

— Huit adultes et deux… non, trois jeunes, annonça-t-elle bientôt. Vous êtes d'accord ?

— Oui, dis-je. Je trouve le même nombre que toi.

À une centaine de mètre de là, nous découvrîmes un groupe de capucins.

— Ah, enfin ! s'exclama George. C'est comme ça que j'avais imaginé le Costa Rica !

Lorsque, quelques minutes plus tard, nous vîmes encore d'autres capucins sur un arbre, Bess lâcha, médusée :

— Aurais-tu résolu le mystère de leur disparition sans t'en rendre compte, Nancy ?

J'étais drôlement excitée, vous vous en doutez ! Mais j'étais aussi très déroutée : quelle étrange évolution de la situation ! Franchement, il y avait de quoi éveiller les soupçons…

— Il faut qu'on retourne jeter un coup d'œil dans cette fichue clairière, déclarai-je.

— On termine les explorations d'abord, insista Bess. Comme Parminder l'a dit, nous devons continuer nos observations avec soin. C'est pour ça que nous sommes ici.

— On pourrait peut-être se séparer, alors ?

suggérai-je. Je peux aller à la clairière.

— Pas question ! protesta George. Pas après ce qui s'est passé la dernière fois !

— Je suis d'accord, l'approuva énergiquement Bess. On reste ensemble.

— Bon, OK, cédai-je.

Notre travail prit plus de temps que de coutume, cette fois, car nous devions nous arrêter sans cesse pour compter les singes. Après avoir arpenté la piste de l'océan à trois reprises, nous avions dénombré une douzaine de groupes. J'étais soufflée !

Comme le soleil était déjà sur le déclin, nous ne pûmes pas nous rendre à la clairière. En rentrant au camp, nous apprîmes que les autres équipes avaient obtenu des résultats comparables aux nôtres. Les singes ayant fait leur réapparition, tout le monde était content.

— C'est génial ! commenta Benita. Je commençais à croire qu'on était venus ici pour rien.

— Attendez un peu de voir les photos que j'ai prises ! lança Bud. Vous allez être épatées !

En privé, Parminder m'avoua qu'elle restait circonspecte. Mais cela ne l'empêcha pas de fêter l'événement avec nous, ce soir-là. Après le repas, on alluma un grand feu de joie, on fit griller de la guimauve et on chanta des chansons.

Il y avait quelque chose d'encore plus stupéfiant que le retour inespéré des singes : le comportement de Jason. Tel M. Hyde redevenu le Dr Jekyll, il était *charmant*, tout à coup !

Il se joignit à nous, l'air amical et détendu — et même heureux, en dépit du fait qu'il avait les yeux rouges et ne cessait d'éternuer. Je m'inquiétai pour Lupa et Manuela : Miss avait dû s'échapper de nouveau...

— Vous avez attrapé un rhume, apparemment, dis-je en lui tendant un mouchoir.

— Il faut croire.

Il leva les yeux vers le ciel et continua :

— Quelle belle nuit ! Regarde le ciel. On peut voir la ceinture d'Orion !

Tandis que tout le monde contemplait les constellations dans le ciel nocturne et clair, George me regarda en haussant les sourcils. De toute évidence, nous nous demandions toutes les deux la même chose : pourquoi Jason se montrait-il si aimable, tout à coup ?

Comme je cherchais le moyen de le questionner avec subtilité, Bess lui lança en battant des cils :

— Vous êtes de bonne humeur, dites-moi ! Vous avez gagné à la loterie ou quoi ?

Se tournant vivement vers elle, il balbutia en rougissant :

– Pardon ? Oh, non.

Son sourire s'élargit.

– Alors, pourquoi étiez-vous si grincheux à notre arrivée ? demanda George avec son culot habituel.

– Hé, ce n'est pas facile de diriger une résidence comme celle-ci ! J'étais stressé par la disparition des singes et le manque de touristes. Je suis drôlement content que tout s'arrange. Désolé de vous avoir traités un peu cavalièrement.

– Ce n'est pas grave, lui assurai-je.

J'ai beau être indulgente par nature, le revirement de Jason me déroutait. Quant à George, elle faillit s'étrangler lorsqu'il s'enquit :

– Tu es toujours disposée à t'occuper de mon site web ?

– Bien sûr, dit-elle en me décochant un regard perplexe. Allons-y !

– Je préfère attendre demain.

– Vraiment ?

– Vraiment, confirma Jason avec un étrange sourire. Je ne veux pas te priver de cette fête.

– Bon, comme vous voudrez, fit George en haussant les épaules.

Je contemplai les flammes dansantes de notre feu de la Saint-Jean en me demandant si je m'étais pas fait du cinéma. Peut-être avais-je vu du mystère là où il n'y en avait aucun? Comme je m'apprêtais à confier à mes amies ma nouvelle théorie, Dan déboula soudain parmi nous, l'air affolé.

— Ma machette! cria-t-il. On l'a volée!

12. La terrible vérité

À la lueur des torches électriques, la forêt tropicale n'avait pas du tout le même aspect qu'au grand jour ! C'était un autre monde. Les arbres énormes et bruissants de vie projetaient devant nous des ombres menaçantes. Des papillons de nuit et autres insectes voletaient dans les faisceaux lumineux, et, à chaque hulu-lement, à chaque cri, je ne pouvais réprimer un tressaillement. Pourtant, nous continuions d'avancer, mes amies et moi.

— Encore un peu, et on y sera, déclara enfin George.

Elle écarta une branche épineuse, et attendit que Bess et moi soyons passées pour la relâcher. Bess agita une main devant elle pour chasser une nuée de bestioles en demandant :

— Comment va ta cheville, Nancy ?

— Beaucoup mieux. Je n'ai presque plus mal, mentis-je.

J'avais bandé mon pied avec soin ; mais il me faisait toujours souffrir. Cependant, il était hors de question que je ralentisse l'allure !

Puisque le meilleur moyen de savoir ce qui se passait dans la clairière était d'observer les lieux, nous avions décidé de camper à proximité pour être prêtes à passer à l'action en cas de besoin. Nous nous étions donc faufilées hors de la résidence au beau milieu de la nuit, pendant que tout le monde dormait. La disparition de la machette de Dan et le comportement inattendu de Jason étaient des éléments si inquiétants ! Je sentais que quelque chose d'important se préparait dans la clairière, et je tenais à être sur place quand ça arriverait !

— Une minute, dit George, consultant son GPS.

Je rajustai mon sac à dos, qui me semblait peser des tonnes :

— On est tout près, non ?

George pianota sur quelques touches, puis braqua sa torche dans une direction :

— Je crois que c'est par là.

— Tu *crois*? fit Bess. Il vaudrait mieux que tu en sois sûre! À propos, les filles... vous vous souvenez de ce que Dan nous a dit sur les jaguars?

— Ah, parce que c'est seulement maintenant que tu y penses? répliqua sa cousine en regardant par-dessus son épaule. Moi, ça fait deux heures que ça me turlupine!

Un frisson me parcourut le dos – et il n'avait rien à voir avec ce petit frisson d'excitation qui s'empare de moi quand je suis sur le point de résoudre une énigme! J'étais vraiment angoissée. Les jaguars ralentiraient notre progression, c'était sûr. Et d'une façon que je préférais ne pas imaginer!

— Nancy, tu penses qu'on fait bien de s'obstiner? me demanda Bess. Tu es sûre de ton idée?

— Sûre, non, avouai-je. C'est la seule que j'aie, c'est tout.

Bess me décocha un regard furieux, et je crus qu'elle allait nous lâcher. Puis elle eut une grimace résolue, et je sus qu'il n'en était rien. Quant à George, elle fit observer:

— Jusqu'ici, tout va bien. Il ne nous est rien arrivé de fâcheux. D'après mes calculs, on est à moins d'un kilomètre.

Un roulement de tonnerre éclata alors

comme pour la démentir, et de grosses gouttes s'écrasèrent sur le sol.

— J'ai parlé trop vite, grommela George tandis que nous nous dépêchions d'enfiler nos imperméables.

Quand nous parvînmes à la clairière, nous cherchâmes un poste d'observation à l'abri des regards.

— Il faut qu'on soit assez près pour entendre ce qui se passe, mais suffisamment à l'écart pour que personne ne nous découvre, dis-je.

Nous trouvâmes un endroit idéal à une trentaine de mètres de là, sous un arbre immense, au milieu des fourrés. Nous montâmes rapidement notre tente et nous nous y installâmes.

— Qu'est-ce que c'est que ce boucan ? demanda George en balayant les alentours avec sa torche. On dirait que ça vient de tout près.

Nous tendîmes l'oreille : toute la forêt bruissait. Était-ce à cause de la pluie et du vent, ou parce qu'une créature sauvage s'y était tapie, prête à bondir ? On entendait croasser des grenouilles, grincer des sauterelles ; les singes hurleurs braillaient sans cesse. Sans parler des bruits que je n'aurais pas su identifier ! « Bon sang, il n'y aura pas moyen de dormir ! » pensai-je.

George se glissa dans son sac de couchage,

braqua sa torche sous son menton, faisant virer son teint à l'orange. Elle était effrayante !

— Quelqu'un a envie d'écouter une histoire d'horreur ? lança-t-elle avec son humour si particulier.

— Arrête ! gémit Bess.

— Désolée, fit George en éteignant sa torche électrique.

Épuisée, je m'endormis aussitôt, malgré l'angoisse, le bruit et le danger.

Un grondement assourdissant m'éveilla au lever du soleil. M'extirpant de mon sac à dos, je me ruai dehors.

Un hélicoptère volait au-dessus de la clairière, si bas qu'il soulevait des tourbillons de poussière. Le vent soufflait avec une telle puissance qu'il était difficile de tenir debout. Mes cheveux se rabattaient devant mes yeux, j'étais aveuglée par la poussière. J'appelai mes amies à grands cris, mais le fracas de l'hélicoptère noyait mes appels.

Bess et George ne tardèrent cependant pas à me répondre. Bess lança en luttant pour garder son équilibre :

— Qu'est-ce qui se passe, bon sang ?

– Sais pas ! cria sa cousine. Mais ça ne me dit rien de bon !

Arc-boutées contre le vent, nous nous rapprochâmes de la clairière et nous cachâmes derrière un amas de buissons. Regardant à travers mes jumelles, je reconnus Jason et les deux hommes qui nous avaient pourchassées dans la forêt.

Il y avait aussi des 4 x 4. Et, tout près des véhicules, des cages *remplies* d'aras macaos !

– J'en ai compté une trentaine ! souffla George. Ils ont dû capturer tous les aras du parc national !

Tout était clair pour moi, désormais.

– Ils ont coupé les arbres pour dégager une aire d'atterrissage, dis-je. Ah, si j'avais compris ça plus tôt !

– Que fait-on ? demanda Bess. On ne va pas les laisser s'en tirer comme ça !

Elle avait raison. Dès que les cages seraient chargées dans l'hélicoptère, nous ne pourrions plus rien tenter. Si nous voulions sauver les oiseaux, nous devions agir. Et vite !

La gorge nouée, je déclarai :

– Préparez-vous à partir en flèche. Il faut faire une diversion.

– Mais… et ta cheville ? objecta Bess. Tu es sûre que tu pourras résister à une deuxième course poursuite ?

– J'espère.

Je pris une profonde inspiration et, sans laisser à mes amies le temps de s'opposer à moi, je me redressai pour débouler dans la clairière en hurlant :

– Que se passe-t-il ici ?

Les trois hommes firent volte-face.

– Tiens donc ! ricana Jason. Nancy Drew et sa petite troupe ! J'aurais dû prévoir le coup !

– Vous ne vous en tirerez pas comme ça ! lui jetai-je.

Il éclata de rire :

– Tu vas voir un peu !

Il dit quelque chose aux deux autres, qui se ruèrent vers nous. Nous détalâmes à toutes jambes.

– C'était prévu dans ton plan ? me demanda George en se retournant pour suivre la progression du duo.

– Oui ! lançai-je en m'enfonçant dans la forêt. Suivez-moi !

Je m'efforçais de ne pas déraper sur le sol détrempé par la pluie de la veille. J'entendais derrière nous les pas lourds et précipités de nos poursuivants, et ne cessais de regarder autour de moi en louvoyant à travers les arbres. Repérant de loin un tronc familier, je criai à mes amies :

– Par ici !

J'obliquai sur la gauche. Les acolytes de Jason gagnaient du terrain ; ils n'étaient plus qu'à quelques pas. Quant à Jason, il était resté dans la clairière, sans doute pour terminer sa sinistre besogne. Il n'y avait pas une minute à perdre !

– Nous y sommes presque, haletai-je. On va droit sur le piège de l'autre jour.

– Génial ! fit Bess avec un large sourire. Si tu mijotes bien ce que je crois !

– Et comment ! George, tu es avec nous ?

Elle se contenta de hocher la tête, et nous continuâmes d'entraîner les hommes vers leur perte. Déjà, je voyais l'arbre envahi de lianes et le rocher qui évoquait le Texas. Humide de pluie, il brillait au soleil.

– Attention, on y est… cinq pas… deux… Vite, sur le côté, les filles !

Nous nous jetâmes hors de la piste à la dernière seconde. Nos poursuivants, emportés sur leur lancée, n'eurent pas le même réflexe. Un instant plus tard, nous entendîmes un craquement et des cris.

– Gagné ! hurlai-je.

Nous décrivîmes un détour circulaire pour revenir sur nos pas. Je me penchai au-dessus de la fosse à singes et souris jusqu'aux oreilles. Les hommes de main de Jason s'étaient pris à leur propre piège ! Rouges de fureur, ils crachaient des injures en espagnol. Nous n'y comprenions rien, et c'était tant mieux. Ils étaient prisonniers, et pour un bon moment !

– Bien joué ! me lança George en levant la main. Tope-là !

Bess regarda autour d'elle :

– Où est passé Jason ?

– Il est resté dans la clairière, répondis-je. Foncez au campement et ramenez les autres ! Je vais le retenir.

– Nancy, c'est dangereux ! protesta George.

C'était en cet instant le cadet de mes soucis : je ne songeais qu'à sauver les aras macaos. Je déclarai :

– Il ne m'arrivera rien. Faites ce que je dis, vite !

Là-dessus, je m'élançai en sens inverse le plus rapidement que je pus, sans leur laisser le temps de protester. Tout en courant, je tentai d'arrêter une tactique pour retarder Jason.

Lorsque j'arrivai sur place, il était en train de charger les dernières cages dans l'hélicoptère. Le pilote avait déjà rallumé le moteur. Je courus vers Jason en hurlant :

– Attendez !

— Attendre quoi ? Tu arrives un peu tard, ma petite !

Je m'arrêtai pour reprendre mon souffle, pliée en deux. Ma cheville me faisait très mal, maintenant.

— Où allez-vous ? demandai-je.

— Cela ne te regarde pas ! Mais comme tu ne peux rien y faire, je veux bien satisfaire ta curiosité. Cet hélico va m'emmener à l'aéroport international de San José. Là-bas, un avion est prêt à partir. Il emportera ces oiseaux en Europe.

Exactement ce que Dan et Mary avaient soupçonné !

— C'est horrible ! m'exclamai-je. Comment pouvez-vous faire une chose pareille ?

— Si je te révélais la somme qu'on me verse pour ça, tu comprendrais, crois-moi ! Une vraie fortune ! Bien plus que je ne gagnerai jamais à Corcovado Ecologica !

Tout en cherchant le moyen de l'empêcher de décoller, je lançai avec force :

— Alors, vous ne vous intéressez qu'à l'argent ! Et la préservation de la forêt ? Et les aras ? Savez-vous qu'ils sont en voie d'extinction ?

— Les oiseaux seront très bien soignés, affirma Jason. Et la forêt est loin d'être dépeuplée. Ce ne sont pas les animaux qui manquent, ici !

Comme s'ils sentaient le danger, les aras macaos commencèrent à criailler en agitant les ailes. Des plumes voletèrent dans l'air, aussitôt emportées par le souffle des pales de l'hélicoptère. Je fis un pas en avant :

– Et les singes ? Pourquoi les avez-vous capturés ?

– Ils n'arrêtaient pas de dévaster les pièges pour les oiseaux. Ils les démantibulaient, ils grignotaient nos appâts...

– Alors, vous les avez emprisonnés, et vous avez pris les oiseaux ?

– Eh bien oui ! fit-il avec un large sourire. Je devais me débarrasser d'eux. Nous les avons piégés dans les arbres avec des filets, et puis nous les avons enfermés dans des fosses souterraines. Pas facile à réaliser... Mais reconnais que c'était une idée de génie !

– Oui, dis-je pour l'encourager à continuer. Quant aux touristes, vous les avez éloignés en trafiquant le logiciel de réservation.

– Exact ! Sans ces satanés singes, j'aurais bouclé mon affaire bien avant votre arrivée. Votre présence ne m'enthousiasmait pas. J'ai eu peur que vous compreniez tout. Surtout lorsque George et toi avez détecté une anomalie dans le système informatique.

– Mais on a tout pigé, soulignai-je.

Il eut un nouveau rictus de satisfaction :

— Trop tard !

— Nous avons neutralisé vos copains, lui révélai-je. Ils sont enfermés dans un de vos trous à singes, en ce moment même.

— Je m'en moque ! S'ils ont été assez stupides pour se faire prendre, tant pis pour eux ! Cette affaire n'en sera que plus profitable pour moi.

— Vous ne vous en tirerez pas, je vous dis !

— Allons donc ! C'est comme si c'était déjà fait ! rétorqua-t-il. Je quitte le pays.

Carrant les poings sur les hanches, je lui jetai :

— J'avertirai les autorités. Et ils sauront mettre la main sur vous, croyez-moi ! J'y veillerai.

— Cause toujours ! ricana Jason.

Il allongea brusquement le bras et me saisit par ma queue de cheval. Je n'arrivai même pas à crier, j'avais trop mal. Il m'entraîna sans ménagement vers l'hélicoptère en hurlant :

— Petite idiote ! Tu ne révèleras jamais rien, figure-toi ! Parce que personne ne te reverra !

13. Capture

Me tirant par les cheveux d'une main et emprisonnant mes poignets de l'autre, Jason tenta de me hisser de force dans l'hélicoptère. Seulement, je n'étais pas du genre à me laisser faire sans lutter ! Je lui écrasai les doigts de pied avec ma jambe valide, puis lui décochai de toutes mes forces un coup dans le tibia.

– Aïe ! cria-t-il, lâchant mes cheveux pour saisir et masser son pied.

Libérant un de mes bras d'une secousse, je parvins à entraîner Jason avec moi vers le sol. Je me redressai aussitôt et tentai de m'élancer vers la forêt. Mais il m'attrapa par la cheville et tira, me faisant tomber à plat-ventre.

– Hé, aide-moi ! cria-t-il au pilote.

Le moteur se tut, et le pilote passa une tête par la portière de l'appareil.

– Il faut l'embarquer ! lui hurla Jason.

Il était deux fois plus fort et plus grand que moi ; et j'eus beau me débattre, il me maîtrisa et me mit debout.

– Qu'est-ce qui se passe ? s'enquit le pilote en mettant pied à terre et en ôtant ses lunettes.

C'était un petit homme trapu, avec une barbe et une moustache noires.

– On a une passagère. Donne-moi un coup de main, lui intima Jason.

– Je n'ai pas d'ordres à recevoir de toi ! protesta le pilote. On me paie pour te conduire à San José, point final. Il n'a jamais été question de kidnapper qui que ce soit !

– Si tu veux ta part, tu as intérêt à m'aider à la faire monter là-dedans ! Tu dois bien avoir une corde, ou quelque chose. Il faut la ligoter !

– Non. Je ne marche pas.

– Obéis, nom d'un chien ! brailla Jason. Je ne lui ferai aucun mal. Je veux l'empêcher de nous dénoncer, c'est tout !

– Mais tu la malmènes déjà ! Qui me prouve que tu ne feras pas encore pire une fois à bord ? Non, mon bonhomme, pas question ! C'est MON hélicoptère.

– Si elle parvient à se sauver, nous aurons tous les deux des ennuis. Elle me connaît, et elle peut t'identifier. Tu sais parfaitement que c'est un délit, d'exporter des macaos sans autorisation en bonne et due forme. Ça peut nous mener tout droit en prison ! C'est ce que tu cherches ?

Le pilote nous regarda tour à tour, comme s'il pesait le pour et le contre. Je le suppliai :

– Je vous en prie ! Ne faites pas ça ! C'est mal, vous l'avez dit vous-même.

– Peut-être, mais je n'ai aucune envie de finir en taule, dit-il en s'avançant vers moi. Désolé. Je n'ai rien de particulier contre toi.

Après une courte lutte, il me saisit par les jambes, et Jason m'immobilisa les bras dans le dos. J'eus beau me débattre, je ne pus me libérer. Ils me flanquèrent dans l'hélicoptère sans aucun ménagement, comme si je n'étais qu'un vulgaire sac de pommes de terre. Puis ils fermèrent la porte. J'étais leur prisonnière !

Le pilote remit à Jason une corde, et fit de nouveau démarrer le moteur.

Jason cherchait-il à m'empêcher d'agir, comme il l'avait prétendu ? J'en doutais. Je n'avais aucune raison de lui faire confiance ! Ma situation semblait désespérée. Je continuai pourtant à me débattre, tout en réfléchissant désespérément à un moyen de m'enfuir.

Les aras macaos n'avaient cessé de criailler, pourtant je perçus soudain quelque chose par-dessus leur vacarme.

— Stop ! Arrêtez ! tonna une voix.

— Relâchez-la ! ordonna une autre.

N'osant en croire mes oreilles, je tendis le cou pour regarder par la vitre du cockpit tandis que Jason s'efforçait de ligoter mes poignets.

Une véritable petite foule était en train d'envahir la clairière. Tous ceux de Corcovado Eclogica étaient là : Parminder, Dan, Mary, les bénévoles, et même Lupa et Manuela ! Et ils étaient escortés par d'imposantes forces de police ! Un immense soulagement me submergea.

— Jason ? fis-je avec un large sourire.

Il me foudroya du regard :

— Qu'est-ce que tu as à rigoler ?

— Voyez l'explication par vous-même, ripostai-je en lui désignant l'extérieur.

Il jeta un coup d'œil dehors, eut un haut-le-corps et me relâcha sans y prendre garde. Je ne fis qu'un bond, ouvris la portière et sautai. Dès que j'eus touché le sol, je m'élançai vers mes amis.

Une minute plus tard, la police s'emparait de Jason et du pilote. Ils furent menottés et mis en état d'arrestation. De mon côté, en larmes, j'embrassais Bess, George, Parminder, Mary, Dan…

— Oh, merci! Merci à tous! m'écriai-je d'une voix tremblante. J'ai bien cru que je ne m'en sortirais pas!

— C'est *toi* qui nous remercies? s'exclama Mary. Mais bon sang, Nancy, c'est *nous* qui avons une dette envers toi!

— Tu as sauvé les aras macaos! souligna Dan.

— Et l'avenir de la résidence! enchaîna Manuela.

— Oui, mais si vous étiez arrivés quelques secondes plus tard…, lâchai-je, songeant avec épouvante au sort qui aurait pu être le mien si j'étais restée entre les mains de Jason.

Bess lut sans doute dans mon esprit, car elle commenta en frissonnant:

— N'y pensons plus.

Après avoir libéré tous les oiseaux, nous prîmes le chemin de Corcovado Ecologica. Dan remarqua que je boitillais, et proposa de me porter. C'était un geste adorable; cependant je me sentais assez forte pour achever le trajet à pied.

Alors que nous étions à mi-chemin, quelqu'un me toucha l'épaule. Me détournant, je vis que Parminder s'était portée à ma hauteur. Elle était accompagnée d'un beau Costaricain que je ne connaissais pas. Il était de taille moyenne et avait la peau brune et des yeux noisette.

— Nancy, commença Parminder, je te présente...

— Laisse-moi deviner ! m'écriai-je. Vous êtes Esteban Garcia ?

Le nouveau venu acquiesça.

— J'ai beaucoup entendu parler de vous, poursuivis-je. Je suis ravie de vous rencontrer.

— Tout le plaisir est pour moi, mademoiselle Nancy Drew, me dit-il d'une voix grave et douce, dans un anglais presque dénué d'accent. Il paraît que tu as su réconforter ma chère Parminder. Je suis navré de lui avoir causé tant de souci !

— Vraiment ? fis-je d'un ton taquin. Et où étiez-vous passé ?

— J'avais compris ce que Jason tramait, et comme j'ai tenté de l'en empêcher, il m'a renvoyé. Seul, je ne pouvais rien contre lui. Alors, j'ai gagné San José en toute hâte. C'était sans doute irréfléchi de ma part, mais j'étais obsédé par le sort des aras macaos, je voulais les sauver. J'avais l'intention d'avertir Parminder ; seulement, je me suis heurté à pas mal de difficultés, et j'ai un peu perdu la notion du temps. Il m'a fallu plusieurs jours pour convaincre les autorités de me prendre au sérieux ! Et plus longtemps encore pour les mobiliser et les amener jusqu'ici. Elles se sont tellement fait prier, en réalité, que si tu n'avais pas été là, nous serions arrivés trop tard !

— J'admire votre obstination ! Ça n'a pas dû être une mince affaire !

— Certes. Mais ce n'est pas grand-chose par comparaison avec le courage dont tu as fait preuve, Nancy ! C'était plus que risqué, d'affronter Jason et ce fichu pilote.

— Il n'empêche que ça a marché, dis-je. Alors, si on partageait la gloire de la réussite ?

— Tope-la ! lança Esteban, réjoui. Nous serons donc les héros du jour.

— Génial, commenta Parminder.

Tous deux revinrent à la résidence main dans la main. De toute évidence, ils étaient très amoureux l'un de l'autre, et j'étais vraiment heureuse de les voir réunis. Ça me fit penser à Ned : il commençait à me manquer... Mon séjour au Costa Rica était une extraordinaire aventure. Et par chance, elle se terminait bien ! À présent, il me tardait de rentrer à River Heights et de retrouver mon copain.

Tout le monde était de bonne humeur, à la résidence. Quelqu'un avait allumé une radio portative qui diffusait une musique entraînante.

Les chercheurs et les bénévoles, mêlés aux policiers costaricains, bavardaient et riaient dans le pavillon en se remémorant les événements de la journée.

Je voulais me joindre à eux, bien sûr ; mais il me restait quelque chose à régler. Jason et sa bande d'affreux étaient coupables d'avoir emprisonné les singes et tenté d'exporter illégalement les aras macaos. En revanche, ils n'étaient pas responsables des vols effectués à la résidence… Et là-dessus, j'avais ma petite idée !

J'allai trouver Manuela à la cuisine.

— Il faut qu'on parle, lançai-je.

— D'accord, me répondit-elle en souriant jusqu'aux oreilles. Personne ne peut rien refuser à l'héroïne du jour !

— Où sont-ils ?

— Quoi ? Que veux-tu dire ? demanda-t-elle, apparemment déroutée.

— Tu sais très bien à quoi je pense, répliquai-je. Les objets volés, l'auteur des vols. Le moment est venu de passer aux aveux, tu ne crois pas ?

— Oh, fit-elle en baissant la tête. Je suis navrée, Nancy. Ne te fâche pas, s'il te plaît.

— Je ne suis pas fâchée ! Je regrette seulement que tu ne te sois pas confiée à moi. J'aurais peut-être pu t'aider.

— Je voulais tout te dire, mais c'était trop risqué. Jason pouvait renvoyer maman, tu comprends ? Et que serait-on devenues ? Où aurions-nous trouvé du travail ? Comment aurions-nous payé mes études ?

— Je vois… Maintenant, il faut régler les choses.

Manuela m'entraîna alors vers un petit placard. Je l'ouvris, et découvris sur les étagères des jumelles, un appareil photo, et la machette de Dan.

— Ce n'est pas ce que tu imagines ! m'affirma-t-elle. Je te jure que ni maman ni moi n'avons pris ces objets !

— Je sais. Mais il est grand temps de révéler à tout le monde la véritable identité du chapardeur.

14. Miss Détective

Le coucher de soleil sur le Pacifique fut superbe, ce soir-là. Tandis que, tous réunis dans le pavillon, nous contemplions le spectacle, Parminder porta un toast à mon intention, assorti d'un discours très flatteur. Je trouvai ça très embarrassant; mais ça faisait tout de même plaisir à entendre !

Lorsque les applaudissements se furent tus, je me levai à mon tour :

– Je tiens à remercier Esteban et tous nos chercheurs pour leur activité infatigable. J'ai aussi une bonne nouvelle !

Je tirai alors les objets disparus de mon sac à dos et les restituai à leurs propriétaires. Ravie de récupérer son appareil, George fit aussitôt défiler les clichés qu'elle avait pris.

— Ah! Je suis ravie! Je croyais qu'ils étaient définitivement perdus! s'exclama-t-elle avec joie.

— Je suis médusé! souffla Dan. Où as-tu retrouvé tout ça?

— Eh bien, commençai-je, vous n'aviez pas tout à fait tort: il y a bien un voleur à Corcovado Ecologica…

— Jason? suggéra Stephanie.

— Non. En fait, c'est un voleur de sexe féminin.

— Nancy! Tu nous as pourtant affirmé que Manuela est innocente! intervint George.

— Et elle l'est. Elle a seulement protégé le véritable auteur des larcins.

— Il s'agit de Lupa, alors ? reprit George. Je ne peux pas le croire!

— Et tu as raison. Ce n'est pas elle non plus. Notre voleur n'est pas… un être humain. Lupa! Manuela! continuai-je avec un grand sourire. Vous pouvez venir!

La mère et la fille sortirent de la cuisine. La petite chienne gigotait dans les bras de Manuela. Quelque peu contrite, Lupa lança:

— Je vous présente notre voleuse! Elle s'appelle Miss!

Manuela lâcha Miss, qui se mit à japper et à courir de toutes parts, quêtant l'attention et les caresses de tout le monde. Elle tenta même de s'emparer de la matraque d'un policier, provoquant l'hilarité générale. Chacun lui avait déjà pardonné, bien sûr. Ce n'était qu'un petit animal indiscipliné – qu'il faudrait dresser à l'avenir...

Nous consacrâmes notre dernier jour à Corcovado Ecologica à réparer les dégâts causés par Jason et ses acolytes. George rétablit le bon fonctionnement du site web ; Dan et les volontaires se chargèrent de nettoyer la forêt des détritus semés par les deux hommes à la hache. Bud, Cathy et Mary plantèrent de nouveaux arbres dans la clairière ; quant à moi, je localisai et comblai tous les pièges avec l'aide de Bess, Parminder et Esteban.

Ensuite, nous nous mîmes tous en devoir de restaurer la résidence, réparant les tentes endommagées, fixant les hamacs, décorant le pavillon, replantant le potager...

C'était un énorme travail ; et, lorsque les taxis vinrent nous chercher le samedi matin aux aurores, nous étions épuisés.

Tandis que les conducteurs chargeaient nos bagages, je m'avisai d'une chose curieuse. Il nous manquait un sac.

— Minute! dis-je. Quelqu'un a aperçu Miss?

Parminder s'avança en me lançant:

— Ce n'est pas ce que tu crois! J'ai décidé de rester encore un peu pour boucler notre programme de recherche.

Bess observa en souriant:

— Il y a une autre raison, non?

Parminder rougit et enlaça Esteban, qui se tenait près d'elle:

— Peut-être.

— Mais tu vas rentrer à River Heights, n'est-ce pas? s'enquit Mary.

— Oui, la semaine prochaine. Mais comme Jason n'est plus là, il faut un nouveau régisseur à Corcovado Ecologica. Alors, je pense qu'il y aura un changement important dans ma vie, l'an prochain. Après tout, il faut que quelqu'un veille au grain pour qu'un autre Jason ne vienne pas sévir ici!

Hilare, George braqua son appareil photo sur le couple:

— Souriez! Le petit oiseau va sortir!

— Sourire? Je ne fais que ça depuis deux jours! lui répliqua gaiement Esteban en serrant Parminder contre lui.

Quand George eut pris quelques clichés, je fis mes adieux à la directrice des recherches.

– Tu vas nous manquer, soupirai-je.

– C'est réciproque, avoua Parminder.

Manuela survint en courant, menant sa petite chienne au bout d'une laisse improvisée – un bout de liane.

– Nancy, tu sais quoi ? Je viens de trouver le nom idéal pour ma chienne. Je veux honorer ma détective préférée !

– Hein ? Ne me dis pas que ce chiot s'appelle Nancy Drew ! rigola George.

– Pas exactement, s'esclaffa Manuela, mais tu brûles, George ! Je l'ai baptisée Miss Détective !

– Miss Détective…, répétai-je, faisant mine de réfléchir. Eh bien, bravo, ça me plaît !

Un instant plus tard, le taxi cahotait sur la piste, roulant vers l'aéroport. C'est curieux : quand on part en voyage, le retour semble toujours plus court que l'aller, vous ne trouvez pas ?

Une fois dans l'avion, je m'assis près d'un hublot pour avoir une dernière vue sur la luxuriante forêt tropicale et les flots bleus du

Pacifique. Pendant que l'appareil prenait rapidement de l'altitude, Bess soupira :

— Et voilà, on rentre à River Heights ! Je n'arrive pas à y croire !

— Moi non plus, enchaîna George. On va encore s'enterrer dans ce trou perdu ! On s'ennuiera comme des rats morts !

Le regard fixé au-delà du hublot, j'aperçus six aras macaos qui survolaient l'océan, tout près de notre appareil.

— Vous avez vu ? fis-je en les désignant à mes amies.

— Ça alors ! On dirait qu'ils nous escortent ! s'exclama George.

Émerveillée, Bess ajouta :

— Comme s'ils voulaient nous remercier de les avoir sauvés…

Les beaux perroquets virèrent alors, retournant vers les cimes des arbres. Je les suivis du regard jusqu'à ce qu'ils ne soient plus que de minuscules points noirs dans le ciel clair. Me tournant vers George, je conclus en souriant :

— Oui, on sera bientôt rentrées à River Heights. Mais ça m'étonnerait qu'on s'y ennuie… Je te parie n'importe quoi qu'un mystère palpitant nous attend là-bas, comme d'habitude !

FIN

Impression réalisée sur CAMERON par

La Flèche

en avril 2007

Imprimé en France
N° d'impression : 41066